KB043167

섬마을 사람들

섬마을 사람들

김필로

어느 간병사의 병원이라는 작은 섬 이야기

차
례

10부

나쁜 간병사였다

1부

보름달 속에 박힌 너

형제의 마음

계절이 지나간 자리마다

남아 있는 추억 부지런히 챙겨 들고

동생이 숨 쉬는 건물이라도 보고 싶어

단숨에 달려갔다는 큰 언니는 영락없이 엄마를 닮았다

삼동三冬을 지나면 새싹이 돋을까 싶었는데

이 지구에 어울리지 않게

야위어가는 동생 모습 가여워 어쩌나

면회 사절로 목소리만 들려줄 수 있는

상황의 문이 열리고 언니는 신음하고 오열했으리라

조각처럼 반듯하게 빚어놓은

조물주의 걸작은 어디로 증발해버린 걸까

앙상한 뼈마디가 마지막 관문처럼 덜컹거려

가슴이 미어지고 부아도 났으리라

군인의 늠름하고 총명한 빛은 어느 자리로 옮겨졌나

이생에서 주지 못할 얼마나 큰 상이 있길래 에둘러 재촉하는가

답을 구할 수도 찾을 수도 없는 안타까움만 동동거려

작별의 손을 놓고 보석처럼 박힌 동생을 가슴에 안고 나왔으리라

보이고 드러나는 것마다 너무나 아름답고 찬란한

이 계절을 무사히 통과할 순 없을까

같은 피를 나눈 우리가 피 같은 눈물 뚝뚝 흘리고 있다는 걸

아마 너는 알겠지

네 눈물이 가장 붉고 슬플 테니

희망고문은 이제 그만

하얀 거짓말은 헛된 희망이 되어

환자도 보호자도 위안이 될 수 있다

그런 이유로 극단적인 말은

아예 쉬쉬하는 경우를 많이 보고 경험한다

며칠 전 병색이 짙은 동생의 목소리를 들었다

가늘고 떨리고 성글지만 살고 싶어 하는 간절함이

담담하게 흘러왔다

누-나 보고-싶-어

천-국에서- 만-나

마지막 인사처럼 다가와 솔방울 같은 눈물만 뚝뚝 떨어진다

군인의 도리를 다하고 안식하던 동생은

돌연 폐암 말기 선언을 받았다

현대의학의 힘과 자신의 의지로 지탱해오던 동생에게

희망고문을 멈추고 이생에서 할 수 있는 소풍을 끝내자고

준비해야 할 때라고

가족들이 결단을 내렸다

우리 엄마 모나리자 미소에는 언제나

자랑스럽고 기쁨에 가득 찬 기품이 있었는데

세상에 남부럽지 않은 잘난 아들 때문에

누구도 범접 못할 지나친 겸손은 오만이었는데

해진 몸뻬 입어도

무명 치마 입어도

동백기름 바르지 않아도

연지 곤지 분단장 아니 해도

위풍당당했던 엄마의 자존심 어쩌라고

힘없이 거기 누워 있느냐

겨울도 지나고 봄이 오는데

움틀 것 같지 않은 나무에서도 싹이 돋는데

너와 함께 나눈 동심

고구마 퉁가리처럼 가득한데

너는 어찌 거기 천진무구하게 누워 있느냐

네가 심어 놓은 밤나무 그늘 아래에

어찌 앉아 있으라고 너만 그리 가려 하느냐

가려거든 퍼뜩 말고 서나서나 누나들 뒤에 서서 가려무나

영정 앞에서

목련이 하얗게 피어 웃던 날

흰나비는 하늘나라로 올라가고

검은 나비들이 국화꽃 아래 내려앉습니다

아직 터트리지 못한 벚꽃 망울 같은 슬픔은

밖에서 내리는 비보다 더 굵은 가락으로 날개가 흠뻑 젖습니다

건설하고 이룩한 젊은 날의 결실

주렁주렁 열매 맺음 뚜렷한데

아무 욕심도 미련도 없이

웃고 있는 사진 앞에서

낫날 같은 눈물로 여인들이 애통하며 떨고

사내들의 어깨는 무너져 갑니다

확실히 구별된 장소입니다

검은색 옷차림의 사람들이 쉼 없이 들어와

위안의 꽃을 올려줄 때마다 슬픔의 바다가 됩니다

흰나비가 날아간 자리에 병풍처럼 둘러싼 상장賞狀들이 펄럭이고

검은 나비들은 한 자리에 모여 사랑과 추억을 더듬으며

울면서 울면서 먹이를 쫓습니다

입관

둘째 날

상주가 앞장서고 그 뒤를 따라간다

간밤에도 환했는데 밖에는 비가 내리고

막 피기 시작한 꽃들마저 애도하듯 고개를 들지 못한다

큰 누나가 손수 만든 수의를 정갈하게 입고

백랍 같은 얼굴로 한 사람 또 한 사람

저울도 필요 없는 사랑으로 맞이하고 몸을 만지고 울면서

탑돌이 하고 있다

박제된 독수리가 숨 쉬는 것처럼 살갑게 느껴진다

하고 싶은 말 못다 한 심중의 말

사랑했다

사랑한다

채우고 또 채우고

열리고 또 닫히고

덜컹

얼음 문이 닫힌다

구름마다 비를 머금고

소낙비가 되었다가

구슬비가 되었다가

가랑비가 되었다가

가장 추운 방에 홀로 두고 나온다

나래원 가는 길

목련은 슬프도록 태연히 웃고 있다

눈물로 덮은 태극기 나래 위에 공중을 배회하던

독수리가 언뜻 보이더니

이내 하늘 높이 솟구쳐 올라가는 묘기를 보여준다

연극 같은 인생의 막이 내리고 절차에 따라

화롯방으로 들어가도 속수무책일 뿐

따라갈 수도 붙잡지도 못한다

보내야 하는 심정을 다독이는 두어 시간 동안

힘겹게 테스 형*을 부르던 동생의 녹음 영상이 생생해

더 안타깝기만 하다

터럭 하나 없이 뽀송한 유골이 분골되어

백자 같은 항아리에 담겨 나온다

....
* 나훈아, 《아홉 이야기》 수록곡 〈테스 형!〉

이처럼 귀한 것이 세상에 또 어디 있어

신줏단지처럼 가슴에 품고 나래원을 벗어난다

벌통 속처럼 쉼 없이 웅성웅성 수런수런

왱왱거리는 가슴을 부여잡고 훨훨 날아가는 독수리를

눈이 붓도록 올려다본다

현충원 가는 날

점점 작아진 너는 어디서 그런 힘이 솟았을까

산 사람들을 무등하고 앞장서 간다

따로 가는 누나 길 잃어버릴까 에스코트 해주며 천천히 간다

아침도 든든히 먹었는데 점심까지 챙겨주다니

네가 쏜 왕 갈비탕 국물까지 후루룩 마실 때

많이 먹고 힘내라고 콧등에 땀까지 닦아주는 너의 손길 보았다

이곳은 이제 네가 접수하고 진두지휘할 거라며

호언장담하는 너를 자랑스럽게 바라본다

꼴고다 언덕길 같은 고개를 돌고 돌아 네 자리를 찾았다

임시로 세워진 네 이름 석 자에 입맞춤하며 통곡하는

꽃사슴*을 위로하는 네 눈물이 반짝이더라

네가 수시로 선사하는 감동이 하늘에 이르러

마른 땅이 촉촉하여 좋구나

....

* 생전에 동생이 아내를 부르던 애칭

이곳에 안장된 영혼들과

오늘 밤은 신고식이 있을 거라고

해 떨어지기 전에 어서 들어가라고

고집스럽게 밀어내는 너를 막지 못하고 꿈속인가 했더니

아무렇지 않게 어느새 나는 집에 있더라

너는 거기 그냥 있는데 그래도 현충원은 좋더라

네가 있고 동지들이 많아 안심이더라

보름달 속에 박힌 너

새벽 미명

저 달 좀 보라고 남편이 깨운다

은빛 달이 은은하게 방 안을 내려다본다

따르릉 따르릉

전화가 온 것도 아닌데

창 너머 둥근 달에서 눈을 뗄 수 없어 허겁지겁 창문을 연다

어제 내린 봄비가 대지를 숨 트게 하더니

형언할 수 없이 깨끗한 하늘에

둥실 선명한 달의 얼굴이 동생의 얼굴인 양 거기 있다

그곳은 어떠냐고

여기보다 좋으냐고

엄마 아버지 다 잘 계시더냐고

폭풍처럼 질문을 쏟아낸다

동쪽에서 밀려오는 노란 열감으로

은빛 얼굴은 점점 사라지고

둥근 환영만 둥둥 떠다닌다

남편 옆에 슬프게 누워

멀어지듯 작아지는

동생 얼굴을 묻고 다시 꿈을 꾼다

현충원의 독백

하루도 널 보낸 적 없는데 벌써 두 해가 되었구나

푸른 하늘 꽃등이 환해서 누난 따로 꽃을 들지 않고

너의 집에 놀러왔어

제법 터를 잡고 모양도 냈구나

처음보다 훨씬 편해서 좋다

네가 마중 나와 손을 잡아주니 미안하고 고맙구나

멋쩍어 하는 너의 말투를 흉내 내며 매형이랑 너스레도 떨고

장한 네 이름 한 자 한 자 누를 때마다 네가 더 자랑스러웠어

너의 가족들 이름이 박힌 비석을 어루만질 때 가슴이 먹먹했지만

그것도 감사하고 고마웠어

널 두고 돌아서도 그때처럼 슬프지 않았고 눈물도 주책부리지 않았어

현충원에 있는 모든 사람들이 묘비 앞에 꽃처럼 웃으며 손을 흔들어
주어서

누난 행복했어

무궁화 활짝 피는 계절에 또 올게

빗물이 된 내 동생

예배당 종소리가 하얗게 들리는 새벽에서야

현충원에 다녀왔다는 올케의 문자를 보았다

사위가 따라준 소주를 마시고 기분이 좋은지

평소보다 더 활짝 웃으며

식구들을 반겨주었다고 했다

할아버지 힘내라는 손주의 손 편지를 읽고

소낙비처럼 울었다고도 했다

문자를 읽고 나도 울다가 다시 잠이 들고 꿈을 꾸었다

장맛비가 사정없이 창문을 두들긴다

빗방울은 죽은 자들의 영혼 같다

숨겨달라고 살려달라고 애원하는 눈망울 같다

가만히 창문을 열고 들어오라고 했다

어느새 빗방울이 동생 되어 창문을 넘어 들어온다

어서 닦으라고 수건을 주었더니 닦으면 금방 사라질 거라고 한다

비가 오는 까닭은 죽은 영혼들이 산 사람을 위로하는 눈물이라고

대신 울어줄 테니 울지 말라고

그리움 다 씻어내라고

보고픔 다 흘려내라고

꿈일지라도 굳게 닫았던 창문을 조금 열어주었다

걱정스럽기만 했던 장맛비 속에 동생 눈물이 있음에

2부

날 위한 밤 근무

깊은 밤

ICU*의 밤이 비교적 평온하다

간간이 가래 끓는 소리와 거친 숨소리가 듣기 좋다

그 소리는 깊은 밤의 생명력이다

한기가 들지 않을 만큼 어르신들 이불을 덮어 드리며 낯을 살핀다

유독 박 어르신의 입술이 말라 있고 희미한 그림자가 다른 날과 다르다

오늘일까 내일일까 아직은 아닐 거야

예기치 않게 빈 침대를 마주하는 일 때로는 버겁다

담대하게 크게 동요하지 말자고 마음을 다잡아도

삶과 죽음의 갈림길 앞에서는 쉽사리 익숙해지지 않는다

끝없이 깊어가는 밤

라운딩을 하는 발걸음이 급한 만큼 또 차분하다

....

* Intensive Care Unit의 약자. 병원 내의 일정한 구역에 설치한 특수치료시설. 집중치료시
설·집중감시시설이라고도 한다.

나의 벗

소나무는 나의 벗이여

수저를 들다 말고 노인은 창밖으로 말을 던진다

밥알이 떨어질세라 나의 눈도 급히 따라간다

아파트 담장에 걸린 소나무 머리가 푸르고 둥글다

동네 이장을 했었다는 왜소한 노인의 진짜 벗들은 다 어디로 갔나

소나무를 벗이라 부르며 대화하는 그 모습이

측은하지만 한편으론 다행이다

감정도 없는 줄 알았는데 이내 가슴이 먹먹해 온다

무심코 내다보는 줄 알았는데

딱지처럼 겹겹이 접힌 마음 풀어놓았나 보다

생각은 오뚝이처럼 벌떡 일어나고 싶고 집에 할 일도 많은데

이제 겨우 살 만하다 싶었는데

죽은 자 되어 눈만 뜨는 것이 힘들다 한다

아내한테 젤 미안하다고 한다

차라리 눈 감으면 산 사람이나 고생 안 할 거라고

그가 들려주는 덤덤한 진심이 바람 타고 소나무에 닿는다

그려 네가 나의 변치 않는 벗이여

천국으로 가는 길

누구의 시샘일까 누구의 음모일까

청춘의 몫도 피하고 미련하게 열심히 산 죄밖에 없는데

강한 자는 너무 강해서

약한 자는 너무 약해서

쓰러진 하얀 병실에는

마수에 걸린 새들의 퍼덕임처럼 이리저리 뒤척이다 잠이 들고

이승과 저승 사이에서 씨름을 한다

죽음의 사자를 매일 본다는 할머니가 무심코 한마디 던진다

"오늘 또 한 사람 꽃길 가겠구면"

귀 막고 눈 감고 입 다문

할머니는 잠자는 공주 같다

피고 지는 기다림 끝에

백마 탄 왕자 오는 소리 들리나 보다

새하얀 숫눈 위에 고요한 발자국 소리 가까운가 보다

긴 잠에서 깨어나 살포시 미소 짓고 꽃단장으로 맞이한다

휘이휘이

비로소 새장 밖으로 훨훨 날아간다

진정한 자유를 찾아서

할머니의 장담처럼 꽃길을 따라서

늦은 고백

황급히 병실 안으로 들어온 청년이 오열을 한다

엄마 눈 좀 떠봐요

엄마아 아들이야 아들

흐흐흑 흑흑

귓전에 들리는 소리가

쐐기한테 물린 듯

벌에 쏘인 듯

아프고 따가워서

소름이 돋고 뭉클하다

늑대소년 같고

청개구리 같았던 시절마다

믿어주고 지켜주던 엄마

아직 난 엄마의

눈가림도 필요하고

귀 막음은 더 필요한데

진짜 눈 감고 귀 막으면 어떡해요

아직 못한 말 사랑이고

이제 해야 할 일도 사랑인데

엄마의 닿지 않은 사랑이

어디 있나요

측량조차 할 수 없는

엄마의 사랑

풍덩 헤아리지도 못했는데

엄마아 엄마아 눈 좀 떠 봐요

사랑해요 사랑해요

철들어 들썩이는 아들의 마음이

엄마의 젖무덤으로 스며든다

효녀

땡 땡 땡

열한 번의 괘종이 울리면

어김없이 병실 문을 열고 들어오는 여자가 있다

하루도 채 지나지 않은

안부를 들리듯이 말하고 대답하듯 혼자 말한다

돈 자랑 할 수 없고 인물 자랑도 할 수 없고

힘자랑은 더욱 할 수 없는 이곳이 어디인지도 모르는 침상에서

딸의 체온은 느끼나 보다

순백한 영혼으로 먼 길 떠나갈 준비를 하듯

날마다 비우고 또 비워서

솜털처럼 가뿐한 아버지 얼굴을 부빈다

오늘이고 내일이고 아버지는 미련 없이 기다리는데

아직은 안 된다고 환갑의 딸은 애간장이 끓는다

아버지의 인생이 이렇게 허망할 수는 없다고 동동거린다

얼마나 더

얼마나 더 정성을 다하면 새살이 돋아날까

삼동의 바람은 여전히 싸늘한데

온정을 다하는 갈퀴 같은 손길은 쉴 날이 없다

불러도 대답 없고 노란 영양분은

똑 똑 뚝 쉬지 않고 흐른다

날 위한 밤 근무

처음엔 몰랐습니다
어르신을 지키는 것이 날 지키는 일이라는 걸

이제 압니다
어르신들로 하여금 웃었던 붉은 잇몸도
어르신들로 하여금 울었던 하얀 속내도
날 위한 밤이었다는 걸

이 밤 끝자락을 서성이며 그들의 뒤척임을 봅니다
떠나갈 길 언제인가
계수할 필요조차 느끼지 못하는 어르신들은
이생에서 자꾸 밀려 낙엽처럼 떠내려갑니다

그중 한 어르신의 코 고는 소리는
선술집 막걸리 웃음이 섞여 질퍽하게 실룩거리고

숨소리조차 낼 수 없는 다른 이보다는 그나마 다행입니다

코 고는 소리 언제 사라질지 몰라 자꾸 듣고 싶습니다

발밑에서 투덜대는 이불을 포근히 덮어주며

다음 자리로 발걸음을 옮깁니다

담쟁이의 마지막

담쟁이가 숨이 가쁘다

봉숭아물처럼 온몸이 붉어지는데 오르기 벅차다

회칠한 벽에 물감 덧칠하던 당신은 누구십니까

그 무더운 여름 내내 용케 견디더니

무엇이 당신을 지치게 하셨습니까

잠시 틈도 허락지 아니하시고

어깨 기대고 손잡고

무얼 찾아 오르고 또 오르셨습니까

카멜레온처럼 시시때때로 변해가더니

드디어 나타나는 청색증*을 보고 마른 눈물을 돌립니다

잎새 뒤 숨은 긴 여정 얼마나 버거웠을까요

그 기쁨 다 드러내지 못하고

....

* 혈액 내 환원 헤모글로빈의 증가나 헤모글로빈 자체의 구조적 장애로 인하여 피부나 점막에
푸른색이 나는 것을 통틀어 이르는 말

그 슬픔 다 쟁여놓고 얼마나 힘없이 웃으셨을까요

이제 편히 내려오소서

땅의 이불자락 되어 편히 잠드소서

그 나라에서 그리움 속삭이소서

흰 나비 되어

열 달 동안 저승사자는 졸지도 않고 거기 있었나 보다

드디어 흰 나비가 날아왔다

곱게 머리 만들어주던 가위손으로부터 힘이 빠져나갔다

암과 사투하며 원 밖으로 밀려나갈 때마다 실낱같은 머리카락

테두리 잡고 절대 안 죽는다고 장담하던

그녀의 호탕한 웃음이 슬프도록 유쾌했는데

가지런히 신발 모아놓고 흰 나비 되어 검은 그림자 따라갔다

사는 게 왜 이러냐고 열 달 동안 모셨던

간병사가 심란해서 모악산에게 푸념했다고 한다

삶은 남는 자의 몫이고 죽음은 떠나는 자의 몫이라고

노랑나비가 그 해답을 일러주더라고 한다

소풍 가기 좋은 날

벌써 쌀쌀하다며 더 추워지기 전에 소풍 간다던

할머니가 정말 크고 멋진 리무진을 대기시켰다

이렇게 좋은 날 왜 그렇게 우중충하냐고

즐겁게 떠나자고 식구들을 재촉한다

3층에서 우두커니 내려다보다가

우리 엄마 계신 곳으로 갈 거라고 위안의 손 흔든다

눈물콧물 쏟던 사람 큰 차에 올라탄다

가방을 멘 사람도 올라가고

잡은 손을 놓지 못하는 사람도 뒤돌아보며 오른다

다시 만날 수 있는지

어디로 가는지 알 수 없는 그곳이 이생보다

야박하지 않으면 좋겠다

영구차가 또 들어오고

오늘은 소풍 가기 좋은 날인가 보다

불청객

유난히 불청객이 많은 요양병원에서

가장 피하고 싶은 영순위는 아마도 죽음일 게다

얼음판을 미끄러지듯 하얀 국화꽃으로 치장된

영구차가 들어온다

봄이 먼 걸 알았을까

굳이 꽁꽁 언 저 강을 건너가려 한다

더 사는 게 미안하다며 3대 거짓말 중 하나를

입버릇처럼 하시던 할머니의 거짓은 진짜가 되었다

연예계 특종처럼 사람들이 몰려온다

죽은 자가 참았던 과거의 눈물 대신 뚝뚝 흘릴 때

내 눈가에도 눈석임물 같은 눈물 삐져나온다

저 강 건너 그 나라에 가면 부디 불청객 되지 마시고

행복한 눈꽃 되어주세요

추운 겨울 눈보라가 휘날리면

안개꽃 같은 당신의 미소라고 기억할게요

3부

오롯한 내 시간

옛날 국수집에서

서울 사는 막내딸

신발 벗고 집에 들어오자마자

풀썩 소파에 쓰러진다

피곤할 줄 알면서도 딸내미 등 떠밀어 소양까지 가본다

당일치기 여행에 금강산도 식후경이지

짭조롬한 간장 냄새와 빙긋한 멸치 냄새

허름한 간판이지만 엄마표 정감에 끌려

꽃무늬 비닐 발 휘리릭 걷고 들어간다

어서 오라고 반기지 않는 주인

주인 닮은 고양이도 눈길 한 번 주지 않고

빛바랜 벽면엔 '국수 3000'이라는 글자

지워지듯 흐려지듯 해묵은 명품처럼 걸려있다

아무렇게 놓인 식재료 포대

삐뚤어진 액자가 어설프지만

육수 향 오르내리는 다락방은 편해 보인다

딸과 마주하고 면 가락 같은 이야기 나누며

국수 두 그릇 나란히 들이켜는데

발이 걷히며 등 굽은 노인이 들어선다

꼬깃꼬깃한 천 원짜리 한 장을 고쟁이 속에서 꺼낸 노인은

이만큼만 달라고 더위 먹은 소리를 한다

주인에게는 이미 단골손님인 것 같다

노인은 우두커니 서서 우리 시선을 경계한다

딸이 먼저 옆자리에 수저와 젓가락 가지런히 놓아준다

그제야 노인은 물처럼 흘러간 추억 잡듯 웃는다

어느 무더운 여름 장날 엄마 손 잡고

국숫집 갔던 어린 기억이 이 노인에게도 있는 건가

고쟁이를 연신 쑤셔대며 한 시절을 추억한다

국수를 먹었는지 돈을 줬는지도 모르는 노인

자글자글한 손에 지폐를 꼭 쥐고

힘겹게 들어 올린 숟가락 위에

국물이 잘잘 흔들거린다

딸과 나는 노인의 위태로운 식사를 지켜본다

노인이 한 젓가락 뜰 때마다

응원의 눈빛을 보내게 되는 건 왜일까

대뜸 어디서 왔냐고 묻는 노인에게

딸은 서울에서 왔다고 순순히 대답한다

얼추 가벼워진 사발을 통째로 들고

국물을 시원하게 들이키는 노인을 따라

남겼던 멸치 국물 후루룩 남김없이

따라 마신다

빈 의자의 실체

햇빛이 소복한 거실에도

쪽문 두드리는 부엌에도

가족사진이 활짝 웃고 있는

안방에도 빈 의자가 있다

또 담장 아래에도

주인 없는 의자처럼 풀죽어 서 있다

아흔 잡순 어르신은 의자마다 앉아서 소싯적

추억으로 천연덕스럽다

앞산에 벚꽃 피고

산비둘기 뻐꾹새 노래 소리

오구오구구 들려오면

청보리밭 사랑노래 장단 맞추고

알 수 없는 장난을 친다

쪽문에서 실바람 불어오면

임의 입맞춤처럼 부드러워

조용히 눈을 감고 들이마신다

툇마루의 뽀얀 먼지 아지랑이처럼 꿈틀거리다가

담벼락에 살구나무 저녁놀에 누우면

어르신도 뒤뚱뒤뚱 헝겊 의자에 살포시 앉는다

그리고 가는 눈을 들어 부탁한다

의자 치우지 말어 다 내가 앉는 자리닝께

농사짓는 노부부

병원 근처 논두렁을 산책한다

멀리서 꼬부랑 할머니가 편한 옷을 입고

강아지처럼 쫄래쫄래 할아버지 뒤를 따라 간다

엊그제 젊은 아재가 일구어 놓은 층층 밭고랑에

무얼 심으려나 보다

호미랑 괭이랑 들고 언덕배기를 힘들게 오른다

소일거리라고 하기에는 너무 부지런한

마늘밭과 양파밭은 벌써 파릇파릇하다

해지기 전에 끝내야 한다는 친정아버지 잔소리처럼

주인 없는 라디오에서 사람 소리가 튀어나와 깜짝 놀랐다

손을 놓아버린 논두렁에 미나리가 생명을 연명하고

잡초만 무성한 땅들이 아깝게 놀고 있지만

라디오가 지키고 있는 땅은 푸성귀로 된 식재료가 풍성하다

오얏꽃이 흐드러지게

피다 지고 간 그늘을 밟으며 밭두렁에 자리를 잡는

노부부를 망원경으로 보듯 궁금해지는 마음을 접고

논두렁 길을 따라 병원으로 돌아간다

땔감 같은 자투리

'자투리 시간을 활용하라!'

'에이 활용은 무슨, 쉬기나 하지'

두 생각이 투닥거린다

그냥 보내기에는 아깝고 다소 무료한 자투리 시간

시행착오와 유지 사이가 애매하다

커피나 스프가 식기 전 빠르게 읽을 수 있는 수필이나 시도 좋지만

요즘은 읽으면서 생각할 수 있는 소설이 탄력 있고 흥미롭다

오늘 내 손 안에 있는 책은 식스티 나인*

69라는 숫자의 의미가 재밌다 궁금하다

가볍지만 떠 있지 않고 조금 묵직해도 가라앉지 않는다

1969년 그해 그의 나이는 17세 질풍노도의 시기이다

....

* 무라카미 류, 『식스티 나인』. 작가정신

자신의 정체성을 탐닉하고 영웅적인 우화 속에서

이유 없는 그러나 이유 있는 반항과 방종을 일삼는다

소설을 둘러싼 배경은 규범을 지켜야 할 평범한 학생들이지만

배열이 지루하지 않다

마지막 책장을 덮고 포만 가득한 표정으로 눈을 감는다

자투리 시간으로 습관 들인 나의 독서량은 점점 쌓여가고 있다

쓰는 것보다 읽는 것이 좋다

읽는 것은 쓰는 것을 부끄럽게 한다

사철 땔감을 쟁여놓으시던 아버지가 생각난다

내 안에 쟁여진 단어나 언어들이 땔감처럼 요긴하지 못하지만

나는 번민하고 수척해질 때를 기다린다

글쟁이는 글 빚을 갚기 위해 글을 써야 한다는 말이

자꾸 딱지처럼 접어지고 쌓여간다

10년의 법칙이 세워지긴 할까

보고서를 어떻게 작성해낼까

1969년 나는 열 살 소녀였다

그해 나는……

2018년 나의 시선은 어떤 감시도 모른다

편의점 진열대에서 산

또 한 권의 두툼한 책을 지도처럼 펼친다

당신의 이름

강인하고 고귀한 꽃을 보았다

자연스럽게 입었던 옷처럼 희한한 의상 속에서

봉긋하게 전파되는 향기는 한낮에도 빛이 나고

한밤중에도 단내가 난다

저마다 하얗게 감싼 얼굴은 수척하지만 몸놀림은 민첩하다

괜찮아요

아무 일 없을 거예요

꾹 다문 몽우리가 위로의 가지 되어

물귀신처럼 끌어당기는 오미크론*을 지킨다

고마워요

감사해요

당신의 이름은 가장 고결하게 피어나는 꽃 중의 꽃

....

* 오미크론 변이. 코로나19 변이 바이러스로 델타 변이에 비해 감염이 쉽고 빠르게 전파되는
편이다.

설중매라는 걸 오래오래 기억할게요

빈 병실에 이름표가 채워지고 창가의 햇살이 봄을 예고한다

오미크론의 올무

코로나 공포 속에서 행해지는 무작위는

여지없이 힘없는 병실을 강타하고

병실 내에서도 양성이 나온 지 6일째

또 한 동료가 그물에 걸렸다

한밤중에 호명을 하더니 간단히 짐 싸서 일주간 격리하란다

집이 광주인데 이 밤중에 어찌할꼬

여기저기 전화하는 그녀의 바위 같은 목소리가 계란처럼 연약하고

장난스러운 특유의 웃음기가 사라졌다

저마다 몸속에 있는 모든 소리가 밖으로 튀어나올 것 같은데

침묵하고 적이 된 것처럼 돕지도 못하고 벗어날 도모를 꾀한다

그 후로 남아 있는 자들은 마스크는 기본이고

방역복을 입고 무장한 채

검사 때마다 초조하고 불안한 눈빛으로 결과를 기다리며

병실 문만 응시한다

음성자들마저 격리되어 마치 차례를 기다리는 양성자 같다

환자들이 더 걱정이다

필수품도 원활하지 못하고 먹는 것도 떨어져간다

검사 후 밤새 맘 졸였는데 눈은 속없이 내려 소복하다

밤눈이 채어갔을까

밤바람이 낚아갔을까

휴 아직은 잠잠하여 올무에 걸리지 않았다

오롯한 내 시간

저녁이 지나가고 환자와 분리되는 밤이 온다

간이침대에 잠자리를 펴고 눈을 감으면

낮에 불었던 바람들은 쉽게 잠을 잔다

내 마음 알 수 없는 먼 곳을 스치고

돌아와 눈을 뜨면 어제와 같은 자리에서 의식을 치르듯

정갈한 마음으로 기도하고 옛이야기 쓰듯 성경을 쓴다

가장 평온한 시간이다

사유를 맘껏 자유할 수 있는 경건한 무대 위에서 내려오면

꿈보다 사랑보다 더 달콤한 긴 여행을 한다

아침이 온다

여기저기서 노란 종소리가 알람처럼 들려온다

생존의 소리이다

다시 시작하는 건강한 소리이다

자다가 깨면 문득

자다가 깨면 문득

그림이 되고 노래가 되고 시가 되어 살아난다

젊은 날의 행보가 너무나 아름다웠다고

서산에 지는 해가 너무 곱상하다고 적어놓는다

사랑의 환희도 이별의 격정도 모든 것이 특권이었다

청춘의 총명함이 천연색으로 집합되어 온다

나는 시를 암송하고 잊지 않으려고 애를 쓴다

다시 그림도 그린다

다시 노래도 한다

다시 한 줄의 시도 쓴다

자다가 깨면 문득 할 일이 많아진다

백의천사

'백의천사'란 수식어 못마땅하여

공연한 자격지심으로 경계하던 이유가

툭툭 떨어지는 순간입니다

새 다리 같은 발은 단화처럼 야무지고

새순처럼 여린 뽀얀 손은 놀 줄을 모릅니다

등짝에 땀이 배이도록 뜁니다

돌보며 체크하는 수고는 헛되지 않아 보람이 되고

고단한 마음에 안심을 줍니다

관심과 사랑은 오직 환자의 안전과 빠른 회복뿐입니다

멀리 있는 산이 아름답지만

가까이 있는 당신의 봉우리가 어쩜 그리 예쁘고 수려한지요

히포크라테스 정신으로 무장된 힘인가요

그의 사고와 이론이 이끌어주나요

숨어 있는 줄기를 찾아 수액을 흐르게 합니다

상황을 기록지에 옮기고 환자에게 편한 잠을 제공합니다

극한을 극복하며 시간과 사투하는 병원의 중심에서

소용 다 하는 당신이 진정 프로입니다

나의 투박한 손으로 눌러 쓴 고사 미감

쪽지를 주머니에 넣어줍니다

당신에게 가장 어울리는 당신의 수식어

'백의천사' 맞습니다

아침의 기적

깜깜한 운동장을 겁 없이 걷게 하고 뛰게 만드는 건

발아되지 못한 내 안의 작은 씨앗들이다

새벽까지 빛나는 별을 만날 수 있는 것도

아침에 부는 바람을 만질 수 있는 것도

발끝에 부드러운 이슬을 밟을 수 있는 것도

생명처럼 움직이는 내 안의 씨앗 때문이다

별이 없으면 하늘을 알 수 있을까

바람이 없으면 허공을 알 수 있을까

분간할 수 없는 것들이 드러나고 있다

때때로 등 뒤에 숨고 길을 인도하는 그림자와 함께

고요한 시간을 즐긴다

바람 따라 가버리고

바람 따라 와버린 가랑잎을 따라

서두르지 않아도 될 서두름으로 계단을 오르고

발아된 씨앗이 한 뼘 자랐다

이 에너지 생성을 다시 나의 환자에게 돌려주리라

4부

첫사랑 같은 만남

작은 기적

한 철 격정으로 살다 간 매미의

껍질처럼 부서지기 쉬울 것 같은

사람들이 재활하며 때를 기다린다

때라는 것이 애매모호해서 환자마다

몸 상태가 다르지만 희망고문을 한다

정녕 봄은 올 수 있을까

막혀 있는 물꼬가 과연 터질 수 있을까

시간은 약이 되지 못한 채 골든 기간을 넘기고

희망은 작아질 수밖에 없다

아직 할 일 많잖아요

눈 뜨고 손이라도 움직여 봐요

제 말이 들리면 눈이라도 깜박해 보세요

어쩌다 눈을 깜박이면 기적처럼 기뻐한다

리모컨을 손에 쥐어준다

떨어지지 않는다 이 또한 기적이다

엄마와 딸

붕어빵처럼 꼭 닮은 엄마와 딸

서로 마음에 안 든다고 티격태격해도

참 정겹다

성내며 짜증스럽게 오고 가는

말도 피아노 선율처럼 감미롭다

눈을 부라리며 투정해도 햇살처럼 따스하다

금방 버럭 화를 참지 못해도

어느새 함박웃음으로 즐겁다

팔십을 훌쩍 넘긴 엄마

육십이 가까운 딸의 풍경은

한 폭의 그림 같다

사진첩에 저장된 일기

가슴속에 숨겨놓은 미움까지

서로 꺼내서 나누고 추억한다

옆에서 듣기만 하여도

보기만 하여도 좋다

보호자만이 할 수 있는 진정한 모습이다

간병사가 아무리 잘해도 흉내 낼 수 없는 그들만의 정서가

시리도록 부럽다

아니 슬프도록 아름답다

천국에 가신 울 엄마를

나직이 불러본다

엄마……

며느리 사랑

화장실 안에서 만난

그녀가 울먹울먹 어렵게 말문을 열었다

눈물 젖어 나오는 언어들이 빨래처럼 축축해서 슬프다

시어머니가 며느리를 간병한다

이뻐서 손을 놓을 수 없고

불쌍해서 손을 더 꼬옥 잡을 수밖에 없다고 한다

인간극장* 분량이 넘치고도 남을 사연들

바라보는 마음이 안타까워도

보이는 것이 전부가 아닌 세상살이 때문에 섣불리

위안의 손도 내밀지 못했는데

들은 만큼 보이는 아픔이 더 무겁다

오늘 그녀가 며느리를 곱게 곱게 단장시키고 다른 병원으로 갔다

휑한 빈자리가 너무 깨끗해서 헛헛하다

....

* KBS1 휴먼 다큐프로그램

그녀가 봇물처럼 쏟아놓은 언어들이

해죽해죽 물고기처럼 헤엄치는 말들이

그물에 걸려서 올라오지도 못하고 무겁다

한평생 여자의 소명을 다하고도

성에 차지 않아서 마지막까지

욕심 부리는 며느리 사랑은 마침표를 모른다

오 신이시여

긍휼히 여기시고 은혜를 베푸소서

기적의 통로 소망의 통로를 열어

봄의 새싹처럼 돋아나게 하소서

철든 아이

자세히 보지 않아도

오래 보지 않아도

사랑스러운 아이가 있다

할머니 간병을 하는

열 살배기 꼬마아가씨

그 아이를 잘 모르지만

그 아이의 몸짓에서

이미 다 알아버렸다

요즘 아이들과 다른 영민함

대견하기도 하고 안쓰럽기도 하여

자꾸 이름을 불러보고 싶다

조용하면 궁금하다

그 아이와 자꾸 말을 섞고 싶다

할머니는 그 아일 똥강아지라고 부른다

지독한 사랑 냄새가 나서 듣기 좋다

지금처럼 맑고 곱게

죽어 가는 모든 것을

사랑*할 줄 아는 아이의 눈이 되어

세상을 명랑하게 살았으면 좋겠다

그랬으면 좋겠다

* 윤동주, 「서시」에서

애착

옆 침대 수액걸이에 휴대폰이 길게 걸려있다

가장 잘 보이고 가장 잘 들리는 자리란다

지독한 외로움이고 기다리는 사랑이다

전화벨이 울리면 화색이 돌며 어서 받으라고

눈이 먼저 말한다

말할 수는 없어도 다행히 들을 수 있어서

귓가에 대주면 고개를 끄덕이고

알아들을 수 없는 말을 한다

그래도 듣는 이는 그 말을 알리라

아프지 않을 때 하지 못한 말 띄엄띄엄 말한다

나 도 싸 라 해

귀가 밝아서 다 들어도 함께 말을 섞을 수가 없다

오로지 전화벨 소리에 의지하며 하루를 보낸다

어떤 보약보다 낫다

다오 다오 매일 보채는 자식이나

귀찮은 친구라도 곁에 있음은 얼마나 복 있는 일인가

모든 것이 몹시나 그리운 오후

나는 이 모든 걸 지켜보며 우두커니 생각에 잠긴다

수액걸이에서 노랑 종소리가 병실에 햇살처럼 퍼지면

어르신의 감긴 눈은 금방 왕방울만 해진다

어서 전화 받으라는 만큼 자꾸 커진다

웃픈* 현실

병실 안에서 모녀의 투닥거림은

장터의 구경거리처럼 재밌다

달이 기운 것처럼

머리 한쪽이 패인 엄마는 세상 걱정이 없다

고향이 전라도인가 보다

들어보지 못한 방언이 터질 때마다

배꼽이 빠질 것 같다

간병하는 딸내미도 만만치 않다

톡 쏘는 발언을 거침없이 토해낸다

누구보다 부지런하고

지혜롭던 엄마의 뇌가 고장 났다고 서럽게 울기도 한다

물 한 모금 먹으면 원이 없겠다고 떼쓸 때마다

물먹은 거즈를 대주면 감질 난다고 오만 인상을 쓴다

....

* '웃기다'와 '슬프다'를 합친 말. 표면적으로는 웃기지만 실제로 처한 상황이나 처지가 좋지
못하여 슬프다는 뜻의 신조어

먹는 대로 설사해서 금식인데도

안주고 혼자 좋은 거 다 처먹는다고 억지소리 한다

그러다가도 딸이 눈 한 번 부릅뜨고

목소리 높이면 아양을 부린다

엄마 엄마 우리 엄마

우리 엄마가 어쩌다 이리 됐을까

웃을 일 많던 일상이

사라지고 울지도 못한다

하루에도 몇 번씩 소나기가 지나간다

예측불허 우리 엄마

'엄마 미안해요

엄마 내가 지켜줄게요'

늦었다며 쏜살같이 재활치료실로 달려가는

모녀의 모습을 마음 쓰지도 못하고 바라본다

행복지수

알록달록 과일을 은쟁반에 잘게 담아

금색 포크로 콕 찍어 한입에 쏙 넣어주는

여자의 얼굴은 울음을 머금는다

입안 가득 과일을 오물거리며

행복해서 어쩔 줄 모르는

덩치 큰 남자는 속없이 웃고 있다

십여 년째 그렇게 간병하는

아내의 모습이 때로는 성난 파도 같아도

대체로 잔잔하고 평온하다

보는 이로 하여금 안정을 느끼게 하고

나는 몰래 위안까지 받는다

남편이 잘 먹는 것만 보아도 좋은 아내는

더 이상 바랄 것이 없다고 한다

살아 있어서 바라볼 수 있어서

만질 수 있어서 해줄 수 있어서

다행일 뿐 더는 욕심 없다고 한다

죄가 될 수 없는 욕심들 불평들 많고 많지만

암팡지게 밀어내고 예쁘게 채색한다

석탄 같은 속내 함부로 드러내지 않고

두 사람의 사랑법으로 행복을 만들어 간다

그녀의 이름은 모르지만 그녀의 모양을 알았다

제 곡조를 이기고 있는 침묵 속에

얼마나 큰 구름이 들어 있는지 헤아릴 순 없지만

뚝뚝 떨어지는 행복지수가

청포도처럼 싱그럽다는 건 알았다

아름다운 죄

당신이 좋아지는 내 맘 어쩌나

콩닥콩닥 심장이 뛰는 걸 어쩌나

웃지 마라 그리 보지 마라

하루에도 열두 번씩 보고 싶단 말이다

조곤조곤 높지 않은

목소리가 커튼 새로 들리고

다소곳한 몸짓이

신기루처럼 날 흘린다 말이다

내 죄 아니라고 휙 고개 돌려도

또 보고 싶은 심사

이게 대체 무슨 사달이란 말인가

차라리 유혹이라도 하면 그냥 욕이나 할걸

아무리 고백을 해도

아이처럼 누나처럼 엄마처럼

아무렇지도 않은 당신의 덤덤함까지도

내는 마 좋단 말이다

한 이틀 안 보였는데 무척이나

보고 싶었다고 고해성사하는

어르신 마음속에서 한 소년이 뛰어나와

도망도 못가고 안절부절못한다

그 곁을 조용히 지키는 사모님은 볼멘소리를 한다

내는 김씨가 젤 부럽다

한 사람을 좋아하는 일이

한 통의 수액보다 좋다는 걸 어쩌랴

사모님이 끌끌 혀를 차면

어르신은 배시시 웃고 만다

마치 톰과 제리처럼

두 사람의 사랑은 귀엽게 옥신각신한다

지금은 사모님도 못 알아보는 어르신

외줄 타기 같은 사랑이어도

아름답기에 죄가 되지 않는다

전면금지

때를 맞추지 못하고

찾아가면 낭패를 보는 일이 종종 발생하고 있다

만남의 벽이 엄격하여

허락된 시간까지 기다려야 한다

어렵게 찾아왔어도 대화는커녕

얼굴도 제대로 못 보고

이산가족이 되고 만다

면회 사절

참 정 없고 딱딱한 말이다

사람의 마음까지 통제한다

예정도 없던 사고로 말미암아

분리된 공간에서 겪어야 하는 코로나 안전수칙은

가족 간의 만남조차 목마르게 한다

아들딸 손주들이 면회 온다고

냉장고 속 과일을 조심스럽게 싸 들고

남편을 휠체어에 태우고 나가는

아내의 얼굴이 오랜만에 함박꽃처럼 화사하다

괜스레 뒤따라가 멀찍이 앉아서 관찰하듯 살핀다

연두색 울타리 너머로 사랑의 종소리가 울린다

순간 마음의 벽이 무너진 웃음소리가

마스크를 뚫고 퍼져 나간다

서로의 이름도 높이 올라간다

사람의 상처는 사람으로 치유한다는 걸 배우며

기도하는 작별이 아름다워

한 장의 가족사진을 찍어 전송한다

소변 소동

모두가 잠든 깊은 밤

또르르 똑똑 낙숫물 같은 소리가 들린다

벌써 몇 번째

아내는 곤혹스럽게 소변 통을 대준다

잘 대봐라 살살해라

와 그러나

남들 잔다

가만가만 말하라

밤보다 더 시꺼멓게 타들어가는

두 사람에게는 서로의 살핌보다 남의 시선이 우선이다

알맞은 언어로 한평생 다른 이의 영혼을 보살피며

사랑한 죄밖에 없는데

늙어가는 일은 왜 이리 힘들고 팍팍한지 이기적이다

악의 도구로 시험 들까 두렵다는 아내는 쓴 눈물로 기도하며

애써 영육을 다잡아도 금세 화를 내고 낙심한다

누구의 잘못일까

인자한 모습은 사라지고

어질고 순둥한 목소리에 가시가 돋을 때마다

옆에 있는 나는 당혹스럽다

방관하던 나는 상관하기로 마음먹었다

간병에도 육하원칙이 있다고 방법을 살짝 귀띔한다

모두가 잠든 깊은 밤

생명수 같은 소변 통에서

미안하다 고맙다, 라는 소리가

또르르 또르르 들려온다

그 소리가 계속 이어져 한밤중의 소변 소동은 사라졌다

복주머니 할머니

아야 불 좀 켜봐라

어여야

한밤중의 공기를 깨는

복주머니 할머니의 느닷없는

목소리에 귀가 쫑긋해진다

화장은 여자의 필수라고

입에서 나오는 말들이 우아하고 고급스럽다

성한 사람처럼 한바탕 잠꼬대를 하고는

아무 일 없었다는 듯 바로 코를 곤다

그러다 또 갑자기 영과 육신이 싸운다

육신은 시든 꽃과 같아도 언어는,

텃밭의 푸성귀처럼 신선하고 고추처럼 맵다

어둠 속에서 섬망*으로 수런수런할 때면

그녀의 복주머니에서 질긴 여정이 펼쳐진다

....

* 신체 질환이나, 약물, 술 등으로 인해 뇌의 전반적인 기능장애가 발생하는 증후군

살아가는 지혜와 방법을 알고 여기까지 왔구나 싶어

숙연해진다

사랑으로 태어나 사랑으로 돌아갈 인생

쥐 죽은 듯 잠잠하다

부스럭거림도 없다

아무도 탓하지 않은 밤은 다시 소리 없이 가고

사슴 눈망울처럼 촉촉한 아침이 오면

복주머니 할머니께 신의 한 수를 또 배울 것이다

세상에서 제일 큰 꽃

백합처럼 기품 있고

연꽃처럼 수려하고

수수하기가

안개꽃 같은

할머니가

시를 암송한다

절제된 언어와

침묵의 회상 속에서

터져 나오는

시의 들판이 광활하고

탁 트인 시야는 끝이 없어

그만 넋을 잃고

그 들판에 뭉개 앉았다

생전 들어보지도 못한

호박꽃 넝쿨들이

토씨 하나

흔들리지 않고 장대 따라

줄줄 타고 올라온다

능금빛으로 물들어서

저녁놀 같은 할머니는

무용담을 들려주신다

생일 선물이라며

손녀딸이 내민 달랑

종이 한 장 속에

그렁그렁한 호박꽃이

활짝 피어 있었단다

어머나 세상에

가꾸지도 꾸미지도

사치도 모르는 할머니랑

똑같은 시가

손녀의 가슴에 안겨

꽃이 되어 오다니

한자리에 모여 있던

일가친척들은 순식간에

감동의 향연을 맛보았단다

그 후로 시를 더 사랑하게 된 할머니는

일상생활의 기적 같은 잠언시들을

가슴으로 머리로

때때로 기분 좋게 꺼내 보신단다

띠잉!

무의식 속에 떨어지는 얼음 한 조각

나는 얼음바다 속에서 물고기를 낚아 올리듯

시의 언어들을 도마 위에 늘어놓았다

고맙습니다 시 선배님

향긋한 시어 제대로 배우겠습니다

오래오래 짓고

오래오래 암송해주세요

당신은 그때가 제일 아름답습니다

첫사랑 같은 만남

부끄러워 말 못 하고

수줍어서 손 못 잡고

그래도 둘은 철조망 넘어

사랑을 했고

한평생 젓가락처럼

살아왔는데

아내가 먼저 아픕니다

첫사랑 그때처럼 할아버지가 병실 문을

힘차게 열고 들어옵니다

첫사랑 그때처럼 할머니는 어리둥절

눈망울이 커지고 주변을 살핍니다

두 손이 포개져도

부끄럽지 않습니다

호젓한 눈을 보면

세상에 없는 둘만의 소리가 나직이

전쟁통 한가운데 고여 있는 듯합니다

첫사랑 그때의 소년이 해맑게 웃으면

그렇게 웃지 말라고

첫사랑 그때의 소녀가 눈을 흘깁니다

이내 풋풋한 첫사랑의 시절은 흐려지고

소년에서 할아버지가

소녀에서 할머니가 된 두 사람은

서로를 말없이 바라봅니다

잘 있으란 말도 안 했는데

할머니가 벌써 울먹입니다

헤어지기 싫은 첫사랑의 마음 금세 되살아납니다

할아버지가 힘없이 병실 문을 나서며 손을 흔듭니다

울지 마 또 올게……

엄마

산처럼 높고 바다처럼 깊은

엄마가 쓰러져서 풀이 되어

병상에 누웠다

엄마 모습 볼 때마다

가슴이 무너져 내리고

심장이 덜컹거린다

기저귀 갈 때마다

마른 나뭇가지 같은 허벅지와

쭈글쭈글한 엉덩이를 보면

울컥울컥 쓰나미 같은 슬픔이 밀려온다

소리 내어 울 수 없는 병실에서

어떻게 토해낼까 삭히고 또 삭힌다

계절은 속절없이 푸르게 빛이 나는데

엄마 얼굴은 백지장처럼 하얗다

오늘은 연지 곤지 찍어 드릴까

내일은 빨강 립스틱 발라드릴까

그렁한 엄마 속 들여다보면

맑은 호수처럼 잔잔해서 좋다

복화술 잘하는 엄마 입모양도 귀엽고

왼손이라도 수저질하려는 의지도 사랑스럽다

엄마가 자식들에게 향했던

눈과 손과 발 모든 지체肢體는 나침반이었다

생각할수록 솟구치는 눈물이 천장을 뚫는다

그러나

나는 엄마보다 강하고 견고해야 한다

엄마의 정신이 내 안에서 정금처럼 단단하게

생성되어야 한다

엄마!

세상에서 가장 물렁하지만

세상에서 가장 단단한 말

엄마!

젖 내음 풀풀 나는 엄마 가슴에

얼굴을 묻는 친구를

나는 한동안 멍하니 다독이며 마음 글을 전한다

5부

섬마을 사람들

딸 바보

응앙응앙앙아앙 아기처럼 울다가

어른처럼 흐느끼는 소리에 놀라

조심스럽게 커튼을 열어본다

간병해주는 딸이 없다

그녀는 반쯤 누웠다가 눈물도 없는 토끼눈으로

나를 빤히 쳐다본다

딸을 찾아달라는 신호이다

자고 일어나서 엄마가 없을 때

울던 어린 딸의 모습이 저랬을까

딸이 없어서 두렵다는 마음을 온몸으로 표출하고 있다

가까이 있을 거라고 안심시켜 놓고 딸에게 전화를 걸었다

불안한 눈망울이 금세 밝아진다

어미는 지식의 발소리를 알고

자식은 어미의 말소리를 알고

그 딸이 놀라서 급히 온다

엄마의 이불을 덮어주며 안심시키는 딸의 손길이

어둠 속에서 경음악처럼 한참 동안 흐른다

재활의 여신

완벽한 그녀에게 신은

질투의 마법을 부렸나봅니다

항변은 시간 낭비일 뿐

속히 마법을 풀어야 합니다

덧셈을 하든 뺄셈을 하든

곱하기를 해야 합니다

당신의 청춘은 용광로에

담금질되어 충분한 연금술을

보유하고 있습니다

격정으로 충돌한 날들이

헛되지 아니하여

원석으로 거듭날 겁니다

다짐으로 꽉 찬 당신의

재활이 꽁꽁 언 가슴을

사르르 녹입니다

한발 한발 희망으로 옮기는

운동화가 예쁩니다

당신은 매우

용감하고 지혜롭습니다

예전보다 덜 완벽해도

당신은 여전히 아름답습니다

오늘 걷는 연습을 하는 당신을

보았습니다

가슴이 뭉클하고 기뻤습니다

당신은 재활의 여신입니다

할머니의 투정

병실에는 자리마다 미니 냉장고가 있어서 각자 사용한다

가장 앞자리를 쓰는 할머니는 간병사나 보호자도 없이

혼자 지내는 병원 생활이 그다지 불편해 보이지 않았는데

어느 날부터 냉장고가 말썽이라고 노래를 부르고 다닌다

평소에도 살펴드릴 수밖에 없다 보니

오지랖이 냉큼 냉장고 문을 연다

아뿔싸 내용물이 미어터진다

몇 개만 좀 꺼내 놓을까요 했더니 안 된다고 불호령이다

무조건 냉장고를 바꾸어 달란다

상한 음식 먹고 탈나면 누가 책임질 거냐고 역정까지 낸다

끝내 냉장고를 교체했지만 욕심에 차지 않아 심드렁한 표정이다

냉장고가 문제가 아닌데

할머니의 독설은 틀려도 당차다

되돌려 보면 약이 되어 개운하다

헝클어짐 없이 착착 느리지만 야무지게 정돈되어간다

냉장고 문이 제대로 닫히는 순간

그제야 탈 없는 할머니의 일상이 굴러간다

억지든 고집이든 원하는 바를 내뱉고 보는 것이

홀로 병실 생활하는 할머니의 갑옷인가 싶어 갑자기 짠해진다

행여나 제 몸 가누지 못하는 시기가 찾아왔을 때

누구도 거들떠보지 않을까 겁이 나는지도

그때부터 자꾸 할머니와 말을 섞는다

이만큼 살아도 모를 일 저만큼 살면 알게 될까

아직은 할 수 있다며 몸을 아끼지 않다가도

힘들면 벌렁 누워 쉼을 찾는 할머니는

어쩌면 나의 자화상이 될지도 모르겠다

할머니가 서랍 안쪽에서 꽃무늬 팬티를 선물이라며 주신다

간사하지 않고 욕심 없는 얼굴이 좋다면서

섬마을 사람들

지구라는 큰 섬을 떠나

몹쓸 병원이라는 작은 섬으로 이주한 사람들

작은 섬마을의 일상은 안타깝고 막막하지만

저마다 뱃고동 같은 삶이 이어진다

하룻밤 사이에도 수천 번 철썩거리는 파도 소리를 들으며

아침을 맞이하면 마을 촌장의 스피커 소리 없어도

반복되는 재활을 위하여

물때처럼 내려가는 엘리베이터가 느리다

불편하면 불편한 대로 제 몸에 붙은 장신구를

갑옷처럼 무장하고 젊은 선생님을 찾아간다

서툴거나 아예 엄두도 내지 못하는 사람들이

하나 둘 모여들고 힘겨운 싸움을 희망하며 노 저어간다

총기가 흐리고 의욕이 없어도

보디가드처럼 따라붙는 간병사의 도움을 받아

자리를 몇 번이고 옮겨 다닌다

더러는 날마다 새로워져

웃음을 찾아가도

더러는 날마다 다름없이

웃음을 잃어가도

시간을 멈출 수 없다

재활의 의지보다

현재의 안락을 원하는지도 모를 사람들은

주꾸미처럼 소라껍데기 속으로 몸을 숨기기도 한다

실낱처럼 꿈틀거리는 작은 변화는 기적과 같아서

고래처럼 춤을 추고

손발 끝이 자잘해지며

어기적 저기적 뒤뚱뒤뚱 꽃게처럼

걸어도 그것은 섬 전체를

움직이는 선물이 된다

지구라는 섬에서 누렸던

수많은 순간들이 사치였다 할지라도

이 작은 섬에서 최고의 욕심은

그 사치를 닮아가는 것이다

그 사치를 갈망해도 좋을 사람들에게 담금질을 한다

날마다 재활실을 다니며

섬마을을 가꾸는 사람들

붉은 동백보다 더 노란 그 무엇으로

피어났으면

당부하는 할머니

벌써 몇 개월 병원 생활을 하는

소위 셀프 할머니가 매일 전화를 건다

내가 다 아플 테니 언니는 아프지 마시라고

덜 아픈 언니에게 안부를 묻는 할머니의

말이 곱살스럽다

먹는 거 입는 거 다 챙긴다

하룻밤 사이 내 영혼이

내 육체가 어찌 될지 모를 일이라고

별일 없냐고 하루가 멀다 하고 묻는다

나는 간혹 묻고 싶어도

망설이고 미루었는데 나와 띠 동갑인 언니에게

오늘은 꼭 안부를 묻고 당부를 해야겠다

바람이 불고 구름이 따라오고 비가 곧 올 것 같다

전화를 드려야겠다

지금 타이밍이 좋다

문자 말고 꼭 전화를 해야겠다

잘 지내냐고 아프지 말라고

잘 드시라고 건강이 최고라고

할머니의 멘트를 따라해야겠다

수와 찬이

시나브로 좋아지는 엄마 곁에서

자식의 하루하루는 수척해진다

밥도 맛없고 잠도 달지 않은

하얀 방에서 남매는 투명인처럼 지낸다

다른 사람이 들을 세라 화도 내지 못하고

무언으로 눈으로 대화한다

아무 말이라도 어우르면 좋을 텐데

병실 사람들과 말 섞음도 없고 늘 따로국밥이다

둘은 격일제로 교대를 하고 주말에는 아빠가 간병을 한다

일부러 말을 붙이고 이름을 물었다

수 그리고 찬

남매가 걸친 투명한 망토가 한 겹

벗겨진다 어슴푸레 드러나는 윤곽을 본다

자식이 어른의 눈으로

엄마가 아이의 눈으로

밥을 먹고 잠을 자고 불편한 나날을 보낸다

엄마의 몸을 씻기고 예쁘게 단장해주는 수는

무슨 말이라도 하면 금방 울 것 같다

만화에 나오는 소년처럼 앞머리가 얼굴 반을 가린

찬이는 묻는 말도 힘들게 대답한다

엄마의 빈자리를 메꾸며 간병까지 하는

두 남매가 더없이 안쓰럽다

청년의 때를 맘껏 누릴 수 있다면 좋으련만

오늘은 수가 당번

엄마랑 한바탕 실랑이를 하더니

꾹꾹 누른 슬픈 화를 밀어내기라도 하듯

민첩하게 휠체어를 굴려 재활실로 간다

아내의 결단

이렇게 살아서 뭐해

차라리 다른 세상 가는 게 낫지 속상해 죽겠어

주렁주렁 매달린 수액을 원망의 눈초리로 바라보던

아내가 참았던 서러움과 원통함을 도마질합니다

간병에 '간'자도 모르고 온실의 꽃처럼 살았다는 아내는

비에 젖은 종이 뭉치처럼 하는 일마다 무겁습니다

그래도 곁에서 바라볼 수 있어서

만질 수 있어서 좋다고 합니다

금방 짜증을 내다가도

깔깔 숨넘어가는 변덕을 뭐라 말해야 할지

웃고 있어도 울고 울고 있어도 웃는 것이

마치 시트콤을 보는 것 같습니다

마른 꽃처럼 부서질 것 같은

몸으로 수고를 아끼지 않아도

두서없이 서툴기만 합니다

멀쩡하던 남편의 일상이 벼락에 맞은

나무처럼 부러졌습니다

남편의 후광을 받던 아내가 간병을 자처하고 손발이 되어

애증의 향기를 넣다 뺐다 한 세월이 야속합니다

함께 살아온 날들은 왕비 같고 영화 속 주인공 같았는데

일 못하는 무수리처럼 바쁘기만 합니다

긴 병에 효자 없다는 속담이 제멋대로 파닥이고

휑한 몰골을 파고드는 파리떼 같은 수액의 가치를 아내는 셈해봅니다

며칠 후 아내는 결단을 내렸습니다

연명제도가 모두를 위한 길이라서 사인을 하고 오는 길이라고

이렇게 살아서 뭐하냐고

우리들의 연대

610호 병실에는 다섯 가지 색깔을 담은 여자들이 있다

생각은 달라도 마음은 같고 하는 일은 같아도

상태에 따라 다른 일을 하는 그녀들은 함께 잠을 자고

함께 밥을 먹고 함께 일을 한다

남다른 포스로 분위기를 조성하고

과하다 싶으면 수위를 조절하는 맏언니

상황 판단이 민첩하고 유머가 많은 둘째 언니

뒤로 빠졌다가도 중요한 포인트를 잡아주는 셋째 언니

언제나 명랑하고 맑은 하늘 같은 동생

그리고 그 모든 것에 중립적이고 비타민 같은 나

24시간 같은 공간에서 자매 이상의 정을 나눈다

우울할 수 있는 공간을 밝은 시각으로 바라보며

서로 공생할 수 있는 것은 공감대가 형성되기 때문일 게다

서로 다름을 인정하고 존중하면서 육십이 훌쩍 넘은

다섯 색깔의 황금 인생을 열어간다

지금 여기에서 현재를 즐길 줄 아는 그녀들의 미래를 응원한다

무관심의 이유

소등을 하고 잠들 시간이 한참이

지났지만 나는 도무지 잠이 오지 않는다

아내에게 불같은 화를 저지르고 나간 그 남자 때문인가 보다

한 병실에 다섯 명의 환자와 다섯 명의 간병사가 있다 할지라도

환자는 환자만의 특성이 있고 특이한 체질이 있기 때문에

쉽게 관여를 안 하는 것이 무언의 약속이다

괜한 오지랖에 일 그르칠라 모르쇠 하는 경우도 있다

남자가 아내를 간병한다

며칠째 끼니를 거부하는 아내를 어린아이 달래듯 밥을 먹이며

좋아라 벙긋거리는 속 좋은 남자가 드디어 오늘 밤 뿔났다

너무 멀리 나가버렸나 좀처럼 돌아오지 않는다

아내는 꼼지락꼼지락 잘못했다고 뒤치락거리며 미닫이만 바라본다

한참 후에 정말

한참 후에

남자는 멀쩡히 돌아왔다

아내가 좋아하는 것들을 양 손에 가득 들고

아픈 것이 속상한 남자의 웃음이 아내를 사랑한다

아무도 관여하지 않았지만 마음 졸인 사람 냄새가

병실을 가득 채우고 모두 꿈나라로 간다

6부

하루살이가 되고 싶은 마음

간병 신고식

처음 일도 아닌데 그가 잠들기까지

아무것도 할 수가 없습니다

그가 포기하지 않으면 눈조차 뗄 수가 없습니다

휴전 없는 시위로 수척해진 내 마음 도망가고 싶고

소리 없는 아우성 후회가 막심합니다

줄줄 매달은 생명줄 팽개치고

성내는 눈빛이 무서워 숨고 싶습니다

누군가의 귀띔으로 숨어서 지켜봤습니다

잠잠해서 포기했나 싶었지만 다시 시작입니다

어느새 동이 틉니다

이제 겨우 어둠에 빠졌는데 밖이 훤합니다

그가 수없이 밀어냈던 간병사들의 마음이 오죽했을까 싶습니다

그는 정신없이 자고 또 잡니다

까다로운 환자일수록 감동을 주라는 충고가 용기를 줍니다

어느 날 그가 잘해보자고 손을 내밉니다

그렇게 나는 고된 신고식을 마쳤습니다

온전히 내 남편

오후가 되면 어김없이

집안으로 들어오는 것처럼

아주 자연스럽게 병실 문을 열고

성큼성큼 들어서는 할머니

치매 할아버지 옆에 바짝 앉아서

아카시아 꿀을 뚝뚝 떨어트린다

그리 좋으세요?

좋아 그냥 좋아 불쌍해 죽겠어

이제야 온전히 내 남편 같단다

젊었을 때도 건강할 때도 살갑게 지내지 못했다고

마음껏 애정공세를 해도 뜨겁지가 않다

'그냥'

미워도 사랑이고

아파도 사랑하는 사랑

무심한 듯 무책임하기까지 한

그냥이라는 말 참 욕심 없다

기억하면 힘들고 미움뿐인데

그냥 좋아 죽겠다는 마음이

마치 어떤 영화*를 보는 것 같다

할아버지는 무덤덤하지만

눈빛은 영롱하고 세련되다

다 잊어버려도 좋지만

내 이름 내 얼굴은 잊지 말라며

억세게 볼을 비비는 할머니

해가 지기 전 먼 길 가야 하는

할머니의 발길은 떨어지지 않고

* 《죽어도 좋아!》, 감독 박진표

할아버지를 놓지 못하지만

할아버지는 백지처럼 묻는다

누가 왔어? 누가 갔어?

하루살이가 되고 싶은 마음

어르신과 산책도 할 겸 병원 모퉁이를 돌아서

한가로운 자리로 갔다

자잘한 나뭇잎 사이로 하루살이가

살고 싶다고 폐창을 한다

이 편한 바람을

저 붉은 장미를 내일은 볼 수 없지만

내일도 하루살이는 엄청날 거다

죽고 살고 살고 죽고를 반복할 거다

어르신은 먼저 하늘나라 간 아들이 하루살이였으면 좋겠단다

수천억만 날파리가 어린 아들 모습 같아서 좋다고 한다

살고 싶어 안간힘을 쓰는 하루살이만도 못한

아들은 잘 살고 있냐고 잿빛 하늘에 묻는다

빨리 가서 만나고 싶다고 어서 데려가 달라고 투정한다

하루살이처럼 하루만 살고 갈 수 있으면 좋겠다는

입술에 눈보다 먼저 눈물이 맺힌다

길고양이 두 마리가 집으로 돌아간다

어르신은 조심히 가라며 길을 비켜준다

마음 더 상할까봐 어둑한 그림자 밟으며 병실로 올라간다

진실 & 거짓

'죽겠다'라는 말 참 오묘하다

좋아서 미워서 더워서 시원해서

살겠다는 말보다

먼저 나오는 쉬운 말 죽겠단다

부정일 때도 긍정일 때도 죽겠단다

아침 케어를 마친 어르신이

나 지금 너무 행복해

그래서 이대로 죽고 싶어

정말 이대로 딱 죽었으면 좋겠어

티 없이 맑은 모습이다

진실일까 거짓일까

개똥밭에 굴러도 이승이 낫다는데

죽어도 좋을 만큼 황홀하고 바보 같은 행복

그건 아낌없는 사랑이다

이제 시작이라고 앞으로 더 많이 행복하시라고

한 술 두 술 아침 식사를 돕는다

진실이든 거짓이든 어르신의 행복은 이 순간 소중하다

어르신의 아픔

바위처럼 단단한 가슴팍으로

윗도리가 축축하게 젖어든다

찢겨진 모진 사연이 얼룩져 박힌 상처가

죽순처럼 뾰족하게 돋아나 서럽고 외롭고

성근 마음 가눌 수 없다

아픔 없는 사람은 사랑할 수도

마음 보듬어 줄 수도 없는 거라고

애써 참지 말고 소나기처럼 쏟아내라고 함께 울어주었다

하나밖에 없는 아들 하늘나라 먼저 보내고

하나밖에 없는 딸 같은 하늘 아래 살면서도 얼굴 못 보며 살고

이 아비의 한을 어쩌랴

이 아비의 죄를 어쩌랴

사는 게 다 사는 게 아니라는 어르신은

하회탈 속으로 얼굴을 숨긴다

아버지

30년 동안 아내도 없이 홀로 인생을

메고 지고 끌고 왔다는 것 외에

아는 것 없는 어르신의 푹 파인 얼굴

때론 배도 팔고 집도 말도 팔았음을

증명하듯 검버섯이 얼굴에 선명합니다

아 나 이 어르신을 어쩌지

고민하는 순간 친정아버지 모습으로 다가와

꼼짝 못하게 합니다

온몸에 매달린 비싼 의료 장신구들이

인생의 보상이라도 되듯 주렁거립니다

동굴 같은 무의식 속에 갇혀 있는 속내가

맹탕 같지만 붉고 맵고 짜기만 합니다

의지와 상관없이 달라붙은 기구들

훌훌 떼어버리고 천혜향 가득 담은

제주도 딸 결혼할 때까지 깨어나시라고

찌든 때를 벗겨냅니다

열두 번도 더 체위를 바꾸어 드리며 다짐해봅니다

행복이 살아 있음을 느끼는 거라면

어르신의 가래소리도 코고는 소리도 기적입니다

숨이 작아지면 어디로 도망갔을까

술래처럼 여기저기 살펴봅니다

소중한 인연 감사합니다

당신은 오늘부터 제 아버지이십니다

환자와 소통하기

왜 하필 나야 내가 뭘 잘못했어

세상 참 똥 같아

철수세미처럼 거칠게 뭉개진 마음

원망과 미움으로 얼룩진 얼굴

좋은 수식어를 붙여줄 수 없다

불독 같고 탱크 같다

나라서 다행이라고

내가 더 많이 잘못했다고

세상은 마치 꽃 같다고 해바라기처럼

돌고 돌아 나에게 다시 오더라고 할 순 없었던 걸까

힘든 거 아는데

우리 서로 생각을 바꾸어 보자

조금씩 눈빛이 달라진다

공감의 언어를 사용한다

나도 많이 힘든 사람이야

다 쏟아내자

그녀는 부족함 없이 살았단다

그런데 별안간 남의 도움을 받는 처지가

자존심 상했단다

지나온 삶을 인정하며 서로의 과거와 현재를 알고부터

팽팽하던 불신의 방이 하나씩 빠져나갔다

다행이다 실은 감당 못할까봐 엄청 쫄고 걱정했었다

치매 진행 중

엄마 엄마 울 엄마 어디 가

나 여기 있어 엄마 엄마

울 엄마 왜 안 와 왜 불러도 대답을 안 해

엄마가 보고 잪아도 엄마가 없네

왜 그렇게 엄마가 보고 잪을까

아빠도 좋지만 엄마가 더 좋아

우리 엄마 어디 갔어요

우리 엄마 좀 찾아주세요

좋은 옷 입고 환갑잔치 해주려고 했는데

어디 갔어 아아앙

울 엄마 좀 찾아주세요

일흔다섯 그녀는 다섯 살짜리 아이가 되어 문밖에서 운다

베개를 품에 안고 언제나 볼 수 있냐고

울고 또 운다

볼 수 없어도 목 놓아 불러보고 싶다고

내 목소리 듣고 울 엄마가 올지도 모른다고

병실 사람들을 다 울린다

나는 하얀 거짓말을 한다

그녀의 엄마가 천사를 시켜서 나를 보내고

잘 돌봐주라 했다고

우리 엄마처럼 예쁘다 예쁘다 하더니

그렁그렁한 손으로

눈코입을 자세히 만져본다

꿈속에서는 진짜 엄마를 만날 수 있을 거예요

그 말에 스르르 잠이 든다

쌔근쌔근 코고는 소리가

어느 악기의 선율보다 평화로워

자꾸 귀를 세워 들어본다

단기 기억상실은 1분도 안 되어 까먹는다

그 1분간 공감하고 마음을 읽어주는 것

그게 가장 중요하다는 걸 느끼며 치매환자 검색 창을 닫는다

천국에 전화를 걸었다

남들은 다 엄마가 있는데

나는 왜 엄마가 없어

아무리 기다리고 또 기다려도

천국 간 우리 엄마 안 오신다

선생님 우리 엄마는 왜 안 오실까

선생님 우리 엄마 좀 찾아주세요

알았어요

엄마 이름이 뭐죠

응 우리 엄마 이름 김순자요

제가 천국으로 전화할게요

여보세요 거기 천국이죠

천국에 있어? 거기도 전화 받는 사람들 있어?

속삭이는 소리로 끼어든다

아 네 찾아보고 연락주시겠다고요 감사합니다

애절한 그녀의 눈빛이 안도한 듯 고개를 끄덕인다

이제 믿고 기다리면 전화 올 거란 말 끌어안고

아름답던 추억 속으로 천진하게 빠져든다

그녀의 엄마보다 그녀의 기억을 먼저 찾아 주소서

제발 제발

약과의 전쟁

어르신은 상냥하고

다 좋은데 약을 드실 때마다

투정을 부린다

알약이 힘들어

가루약을 물에 개어 드리면

착한 얼굴이 금세 나쁜 얼굴로 일그러진다

오 마이 갓

김치 양념도 아니고 케첩도 아니고 안 먹을래!

순간 나는 멈출 수 없는 웃음을 터트렸다

약보다 더 붉게 쏟아져 나온 웃음

덕분에 어르신도 웃는다

맵지는 않아 다행이라고 술술 받아 드시다가도

안 먹으면 안 되냐고 입술을 앙 다문다

밥도 버겁고

약도 어렵고

무엇 하나 수월한 것 없지만

의존할 수 있는 것은 그래도 약뿐이라

어르신들께 약은 최고의 안심이다

식탁 위에 이상한 약들이 늘어나고

각종 의료가전들이 즐비한 우리 집 거실

한쪽의 풍경이 불쑥 들어온다

피할 수 없는 약과의 전쟁

우리도 이미 시작되었다

7부

위로는 공감

물들어 간다

변덕이 팥죽 끓듯 하다는 말을

이 나이 되어 알아가고 있다

너도 그렇지만 나도 그렇다는

사실을 인정해야 하는 서글픔이 썰물처럼 빠져나간다

변덕스럽지 않은 성품이 좋았는데

팥죽 끓는 모양을 생각하니 피식 웃음이 나온다

걷잡을 수 없던 방종도 천둥 같은 먹구름도

꽃길처럼 아름답고 빛났는데 60대의 고뇌가

십일월의 달력처럼 가랑가랑하다

주저앉지 말자

불평하지도 말자

아파도 드러내지 않을 뿐

우리는 다 같은 시대를 살아간다

좀 변덕스럽고 수다스러우면 어떠랴

모두 한 세상 한 모퉁이 일부인 것을

밤낮으로 이랬다저랬다 아이처럼 칭얼대는

어르신 옆에서 나도 변덕이 팥죽 끓듯 한다

그녀의 병명은 치매

어두워서 더 빛나는 달빛이

금간 틈을 통해 깜깜한 병실로 길게 들어온다

세상 근심 걱정 없는 그녀의 천연덕스러움을

당혹하게 관찰하라는 듯

낮에 딸이 왔다

며느리도 왔다

며느리는 말없이 순백의 휴지로 눈물을 찍어내고

딸은 엄마의 초록 추억을 가슴에 덧칠한다

평소 눈짓하던 애교도 없고 누구냐고 묻지도 않는다

세상에서 젤 단단했던 엄마가 젤 물렁하게 누워

딸도 며느리도 모르쇠 한다

꽃단장도 모르던 그녀의 눈썹 위에 초승달 같은 문신만 선명하다

두 여자는 아기가 되어버린 그녀의 젖내를 기억하고 돌아간다

다녀간 흔적도 모른 채 두 여자의 향기를 가슴에 품고

그녀는 금세 꽃잠을 잔다

나는 순진무구한 그녀의 해죽한 얼굴을 오랫동안 바라본다

위로는 공감

고운 낯에 우거지상

사는 게 징글징글하다는데 씀바귀 냄새가 솔찬케 풍긴다

여든 고개 넘은 할머니는 사는 게 뭔지를 도돌이표처럼 되풀이한다

나중에 해보려던 관광도 못하고 멈춰버린 시간이 야속하다고

3평도 안 되는 공간에서 유령처럼 빈손만 요란하다

까마귀 수다 같은 말들이 고장 난 라디오처럼 찌지직거리고

편히 쉴 곳 없어 영혼 없는 언어들이 제멋대로 천장을 굴러다닌다

누구에게 물어도 시끄런 속이 가라앉지 않는다

할머니 저도 솔찬히 사는 게 징글징글해요

저랑 같이 관광가면서 이야기해요

이제 우린 같은 편이에요

곱게 단장시키고 휠체어에 태워 주변을 돈다

할머니는 연신 고맙다며 살아온 이야기를 실타래처럼 풀어놓는다

남편 실타래는 매듭을 꽉 묶고

자식이야기는 흉 같아서 그렇다고 하면서도

슬금슬금 느슨하게 털어놓으신다

우리 사는 게 다 비슷비슷하다

할머니만 그런 거 아니고

나도 그렇다

가족 대신 할머니를 돌봐드리고 있는 거라고

앞으로 편하게 이야기하자고 내 마음도 살짝 포개어본다

오늘 관광 좋았다고 엄지 척을 하신다

짧은 사랑

어르신과의 첫 만남은 내게, 할 수 있는 용기를 주었다

듬성한 수염으로 더 까만 얼굴과

끈적거리는 손을 보며 내 할 일이 많다는 것에 감사했다

화석처럼 굳어 있는 손발바닥의 각질을 벗기고

주위를 청결하게 환기시켰다

온전하지 못한 눈동자가 마음대로 굴러가는 구슬 같았다

허공만 돌고 도는 언어를 붙잡고 교감하려 애써보는 이틀째

아무런 저항도 없이 영원한 나라로 올라가셨다

찌든 때와 손발톱 수염까지 정갈하게 도운 것이 그나마 다행스럽다

머리를 감기고 몸도 닦아드리려고 했는데 아직 내 할 일 많은데

카키색 변 냄새가 쎄하다

감았던 눈 1분도 못 되어 번뜩했던 것은 살아 있다는 안도였나 보다

걱정하지 말고 주무시라고 같이 밤을 새웠는데

나는 몸에 불평이 남았는데

자세한 말 한마디 남기지 않고 억새처럼 질긴 뿌리를

여물처럼 잘라놓고 가셨다

중환자실로 떠밀려 가는 어르신을 휑한 눈으로 따라가면서

보호자 올 때까지 기다린다

삼가 고인의 명복을 빌며

편히 영면하시라고 기도하면서

마음이 개운해

병원 안의 공터를 어르신과 함께 걷는다

당신 걸음으로 걷지 말고 앞서서 쉽게 걸으란다

내 운동이 아니고 어르신의 보폭에 맞추는 것이

소임이라고 하면 뱅긋이 웃는다

잘 안 들리는 귀에 살짝 대고 말해주면

간지럽다고 하면서도 또렷해 좋다 한다

공터 한쪽에 빨래가 널려 있다

빨래를 보면 기분이 좋아진다는 어르신은

왜냐고 묻기도 전에 마음이 순해지고 개운해서란다

쓱싹 빡빡 빨래터에 앉아서 빨래하던 시절을 추억이라도 하듯

맑다 희다 곱다 한다

가끔은 떼쓰는 어린애 같고 또 가끔은 꿈꾸는 소녀 같아도

어른처럼 훈계할 때면 역시 현명한 어르신이다

이대로만 살아도 좋다면서 또 무얼 사고 팔까 고민도 한다

이제 들어가요 하면

한 바퀴만 더 돌고 가자고 내 옷자락을 슬쩍 잡는다

네 어르신 그런 욕심은 맘껏 부리셔도 좋습니다

어르신 마음이 빨래보다 하늘보다 푸르게 나부낀다

기다리는 마음[*]

빈 반찬통 싸가지고 집에 간 간병사

하루 지나고 이틀 지나고 기다려지네

하루해가 이토록 길고

하룻밤이 이토록 동굴 같았는지

어수선한 천장의 무늬만 헤아리고 뒤척이고

문고리 아무리 쳐다봐도

간병사 그림자 흔적도 없네

한 짐 싸 짊어지고 타박타박 웃음소리

자꾸 들려오는데 문 여는 소리 안 보이네

낯선 알바 선생님과 말도 섞지 못하고

엄마 같은 간병사 눈 빠지게 기다리네

외갓집 다녀오는 엄마처럼 사뿐사뿐 다가오는 간병사

---

* 경우에 따라 하루 이틀 쉬게 되면 대체인력이 투입되는데 이때 환자가 날 기다리는 마음을
전해 듣고 글로 옮겼다.

이제야 마음 놓여 세상 환하게 웃고 괜스레 화내고 토라지네

병실 사람들 얼레리 꼴레리 놀려대도 기분이 좋네

한밤중의 돌발사고

고약한 냄새가 난다

새벽 3시, 세계지도가 그려져 있다

헝클어진 머리를 매만지며 어르신 곁으로 간다

환자에게 어느 때라는 시간은 없다

방해되지 않게 수습하려는 조심성과 배려가 있을 뿐

고요 속에서 병실 사람들은 보는 것처럼 다 알고 다 듣는다

힘들어 내가 할랑게

정말요? 어르신이 도와주시면 힘들지 않을 거예요

뚱뚱한 몸을 이리저리 돌리며 쉽게 하라는 무언의 도움이 고맙다

뽀송하게 마무리하고 아무 일도 없었다는 듯

눈을 감는 어르신의 이불을 다독인다

나도 이대로 자고 싶은데 잠은 어느새 달아났다

나의 수고는 고단하다

감정과 이성의 중립에서 부드러울 것

그리고 단호할 것

관계를 회복하고 좋은 궁합이 될 것

그리해야 복을 부른다 안다

알지만 쉽지 않다

뇌경색으로 편마비가 된 어르신

그의 딸과 사위는 경찰관의 시선으로 나를 훑어봤었지

위에서 아래로 아래에서 위로

잘 부탁드린다며 꼼꼼히 내 모습을 살필 때

나는 다를 거라고

잘 할 거라고

기세등등한 자신감이 들통 나기를 바랐다

나의 섣부른 오만은 여러 번 오류를 겪었건만

새 마음을 먹는 일은 여전히 어렵다

그래도 해본다

똑같은 방법으로 접근하지 말자

닫혀 있는 공간을 개방하여 열려 있는 환경을 만들자

그렇게 내 환자를 알아간다

좋아졌다는 말은 새로운 에너지를 생성케 한다

새벽 5시, 일어나야 할 시간이 왔다

한 시간이라도 자야겠다

새 마음을 위해

새 아침을 위해

할머니의 실어증*

하고 싶은 그러나 하고 싶지 않은

우레와 같은 말들이 사라졌다

말문에 자물쇠를 채웠나 보다

마악 피어나는 꽃봉오리처럼

입모양은 살아 있는데

손짓발짓 원맨쇼로

아무리 유도해도 소용이 없다

사라진, 잊어버린, 멈춰버린, 것들로부터 불평이 없다

굽이굽이 저편의 이야기보따리들

금방이라도 풀어놓을 것 같은데 도통 말이 없다

모나리자 미소가 잔잔하고 눈매가 선하다

잃어버린 소리를 듣고 싶다는 문구를 팻말에 써서

....
* 대뇌의 손상으로 어릴 때부터 습득한 언어의 표현이나 이해에 장애가 생기는 병적 증상. 발화하는 근육은 정상이지만 뇌의 언어 중추 이상으로 일어나며, 운동성 실어와 감각성 실어, 또는 이 두 가지의 혼합형이 있다.

들고 있겠다고 했더니 진짜 웃는다

할머니는 나랑 같이 한 달을 지내고 요양병원으로 가셨다

팻말은커녕 종이 한 장도 들지 못한 나는 말뿐인 수다쟁이였지만

할머니는 떠나기 전 눈으로 말했다

뚜렷하고 선명한 미소로

그동안 고마웠다고

안과 밖

병실 안쪽에서 바라본 바깥 풍경이

너무 깨끗하고 예쁩니다

어제 그제 연달아 내린 초여름 비가

미세먼지를 씻어내어

나뭇잎이 하나하나 반짝입니다

침침한 눈까지 정화되어

자꾸자꾸 파란 하늘을 찍어냅니다

어릴 적 보고 꿈꾸던 그 하늘빛입니다

그 꿈이 나를 찾아왔는지

자꾸 손짓하고 눈짓합니다

당장 뛰어들고 싶은 요동하지 않는 바다처럼 잔잔합니다

여름비가 남긴 선물 같아서 침상에 가만히 누워서도 봅니다

거저 받지 못한 게으름을 쫓아내려고

하늘 한 번 더 바라봅니다

아 어쩌랴 저 이쁜 하늘을

아 어쩌랴 나는 이 안에서 누군가의 손발이 되어야 하거늘

환자가 말합니다

잠깐 나가서 바람도 쐬고

하늘도 맘껏 보고 오라고

내 마음 딱 들켰습니다

안과 밖은 빛과 그림자 같습니다

선물

잘 모르는 사람

그러나 잘 아는 사람

보호자의 둘째 딸이

책 좋아하는 것 같아서 샀다며

시집을 내밉니다

순간 감동입니다

바다는 잘 있으니* 걱정 말라는

투의 시인의 시어를 따라

그 바다에 들어갑니다

젖은 옷들이 수분을 다 토해낼 때까지

방망이질도 하고 빨랫줄에 널기도 합니다

기분이 저절로 맑아집니다

....

* 이병률, 『바다는 잘 있습니다』, 문학과지성사

중간 중간 궁금할지 모를 누군가에게

섭이는 잘 있다고 안부를 전합니다

축축이 젖어 있던 마음들이 뽀송해지면서

너와 나 우리라는 세계를 보듬습니다

시작과 끝

시작은 새로운 에너지이다

시작은 설렘보다 긴장이 된다

생각보다 골치 아픈 상황에 고민했지만

쉬운 환자가 어디 있으랴

손놀림은 유연하게 발걸음은 더 부지런히 그 틈새로

나의 과묵도 점점 분위기를 탄다

생소한 병명의 남자는 충혈된 눈으로 온통 울고 있다

포기하고 싶은 마음이 처절한 만큼 감당하고 싶은 오기도 간절하다

지금 여기에 적용되는 이론 공식을 생각한다

충격과 아픔을 그대로 공감하고 수용하는 것?

울지 말란 말 참으란 말

그러면 안 된다는 말 지금 그에게 무슨 위로가 될까

함께하는 동안 마음을 돕겠다는 한마디에

곰 같은 남자의 몸짓은 병실이 흔들리도록 서럽게 들썩인다

다짐의 울음이고 결심의 눈물이다

남자의 작은 신음과 거친 가래소리가

깊은 단잠을 깨울 때마다 용수철처럼 튕겨나는 면역력도 생겼다

남자의 비언어도 알아간다

만만치 않은 체구를 수월하게 일으킬 수 있는 건

순전히 그 남자의 노력 덕분이다

어느 날 뒷일을 마치고

편안히 잠든 남자의 얼굴은 미묘하다

미안하고 고맙다는 감사의 표현이 틀림없다

어느새 남자의 무게가 가벼워지고 내 안에 들어온다

나팔꽃처럼 벌어진 입모양만 봐도 제법 통한다

재활이 더디지만 나날이 새로워져 힘든 시기는 지났다

떨어질 때를 아는 낙화처럼 그 남자의 손을 놓았다

뒤늦게 알고 킹콩처럼 가슴을 치며 포효한다

남자와 곰처럼 겨울을 보내고 새로운 봄을 보았다

끝은 또 새로운 에너지이다 끝은……

8부

사라져가는 박물관

핑퐁

병실 문밖에 탁구대가 있다

똑딱똑딱 토다닥

제법 소리가 이어진다

어르신 시끄럽지 않으세요

문 닫을까요

괜찮아 듣기 좋아

교실 안 왁자지껄한

아이들의 목소리처럼 맑아서 좋아

젊은 청년들은 스스럼없이

공을 주고받는다

돌발사고를 대비한 카메라와

보안대원이 24시간 감시를 해도

아랑곳하지 않는다

소리로 전해지는 생기에 나까지 상기된다

햇살이 가득하니 어르신을 모시고 밖으로 나가본다

얼굴은 창백하지만 앉은 자세는 기품이 있다

핑, 김선생은 딱 내 스타일이야

어르신답지 않게 갑자기 농을 던진다

장난기가 발동한 나는

퐁, 어르신은 내 스타일 아니라고 받아친다

전달되지 못한 공은 토로로 굴러간다

어르신이 웃는다

나도 웃는다

다음 경기 때는 내가 먼저 공을 던져봐야지

받아주실까

사라져가는 박물관

노인이 왜 걸어 다니는 박물관인지

몸소 체험 중이다

문지방이 닳도록 드나들던

박물관에서 빛바랜 수십 권의 고서가 어르신의 혀끝을 통해

정오의 햇볕처럼 쏟아져 나온다

책장을 넘길 때마다

빨간 펜으로 밑줄을 긋고

미처 경험하지 못한 시대의 이야기에 빠져든다

그러나 어르신은

이빨 빠진 호랑이에 불과하다

바람 앞에 등불처럼 꺼져가는 박물관이고

상한 갈대처럼 금방이라도 꺾일 것 같은 박물관이다

내가 아무리 옅은 졸음으로 잘 지키려 해도

누가 와서 금방 허물고 달아날지 모를 박물관이 되었다

뼈대는 그대로인데

자꾸 책장의 잉크가 마르고 있다

한때는 옻칠을 하지 않아도

기백의 윤기가 흐르고 젊음의 향내가 났을

어르신의 총명한 눈매가 하회탈을 닮아간다

제대로 사랑할 줄 몰랐다는 어르신은 한 번 더 인생이 주어진다면

많이 사랑하며 살고 싶다고 한다

어르신의 비석에 쓰일 비문이라도 될 것마냥

사랑에 인색하지 않겠다고 한다

이제 데려가도 된다고 어르신은 두 손을 모은다

당장 박물관의 문을 닫는다고 해도 실망하지 않으리라

후세들이 잘 이끌어 갈 것이다

말은 그렇게 하면서

영민한 총기를 확인이라도 하듯 자꾸 묻는다

나 아직 살아 있지

좀처럼 눈을 감지 않는다

나는 어르신의 기도가 하늘에 닿을까봐

모은 손을 풀어 그저 주무를 뿐이다

백

97세 어르신이

당신의 이번 생을 거침없이

쏟아놓을 때

눈동자에서 빛이 난다

그때 참 좋았다고

인생과 종교의 가치관이 뚜렷한

어르신과의 대화는

한 철 꽃이 피고 지는 것과 같아서

애달프고 존경스럽다

삶을 성실함으로 무장하여

일마다 때마다 이룩한 열매들이

창고에 풍성하니 어찌 아니 배부르실까

이 손 놓고 저 강을 건너도 후회가 없다 하면서

자꾸 이상해지는 성근 몸이 야속하다 하신다

마지막 관문 같은 좁은 길이 문밖에서 구불거리고

갈대처럼 흔들려도 생은 억센 뿌리처럼 질기다고

삶도 죽음도 거부할 수 없는 귀로의 선택이

솔찬히 까다로워 이 괴로움 이제 그만 끝내고 싶다신다

다음 생에는 여백처럼 살고 싶다는

어르신을 물끄러미 보며

백까지 센다

9부

미완성된 이별

하늘을 나는 기적은 바라지 않아

'최후의 만찬'

또 다른 말도 많고 많은데

왜 하필 그 어려운 말을 꺼냈을까

분만실에 들어가기 전날 밤 공교롭게도

혜원은 최후의 만찬에 대해 이야기했다

의미를 부여하지 않았지만

그녀의 친정엄마는 그 낯선 말이 수상하고 마음이 불편했다

그러니까 5년 전

세상이 없어질 듯한 진통 속에서 마지막까지

부르짖던 외마디 제발, 제발, 제발

우리 아기만 탈 없게 해주세요

양수에 미끄러지듯 빠져나와

요람에 누워 있는 아가는 아주 건강한 여아였다

그러나 기쁨도 잠시 악마는 그녀를

지옥 어디쯤으로 데려가 호두 같은 뇌를 헝클어 놓았다

그녀는 이미 알고 있었을까

얼마나 매달려 간곡했을까

자신의 인생을 걸고 얼마나 처절한 협상과 타협을 했을까

우리 아기 머리털 한 가닥도 상하지 않게 해달라고

5년 후

두 아이의 엄마가 된 혜원은

서른아홉이 되었다

다섯 살 딸보다 못한 인지를

해맑게 지니고서

욕심껏 두 아이를 품에 안는다

아무리 재활을 해도 악마의 계교는 끝나지 않는다

바라는 것도 많고 해야 할 일이 너무 많아서

큰소리로 말하고 호되게 야단치고

가르쳐도 깨닫지 못하고 기다리지 않는다

현재만 존재하는 그녀에게 어떤 손을 내밀어야 힘이 될까

어떤 말을 해야 동기화가 될까

하나님 예수님 부처님을 전부 호명해도 다 외면한다

그녀의 겨울은 길기만 하다

겨울이 녹아서 봄이 되면

꽁꽁 언 그녀의 세포 속에서 잎이 돋고 꽃이 피었으면 좋겠다

걱정 없는 그녀에게 걱정되는 일들이 생겨나

고민이라도 해봤으면 좋겠다

'최후의 만찬'

그 말만 생각하면 가슴이 먹먹하고 눈물이 멈추지 않는다는

그녀의 친정엄마 일상이 조금 더 수월해졌으면 좋겠다

하늘을 나는 기적은 바라지도 않아

분糞손

하루에도 몇 번씩 밀고 나오는 똥 덩어리

아무런 거리낌 없이 담아내고 씻어낸다

손에 익숙한 놀림보다 눈에 아무렇지 않게

스며든 자연현상이다

고구마처럼 차지고

순대처럼 탄탄하다가도

돌처럼 단단하고 물감처럼 풀어지기도 한다

같은 음식을 먹고

같은 생활을 해도

날마다 새로운 모양으로 만들어져 나온다

에이 지독한 냄새

그녀가 코를 막는다

음 냄새

나는 어떤 광고를 따라하며 찡그린다

와 요번엔 똥이 단풍처럼 예쁘게 물들었네

핑크색 기저귀를 책갈피에 끼우듯

곱게 말아 통에 꾹꾹 눌러 담는다

그녀가 서툰 말로

지어준 내 손 이름 분糞손이다

포기하지마

소망이 더디 오면

보람도 소멸된다

천천히 기다리라고

힘주지 말고

힘 빼고 다시 한 번 해보자고

할 수 있다고

제일 나쁜 것은 포기하는

거라고 최면을 걸고

주문을 외워도 소용없다

학습이 안 되고 필요한 것만

기억하고 요구하는

그녀를 나 어떻게 할까

물주면 시든 꽃도 다시 살아나는데

단 하나의 변화 없는 그녀가

가엾다가도 하는 행동을 보면 화가 나고 얄밉다

긴 병에 효자 없다는데 긴 간병에 천사도 없다

그래도 포기하지마 절대 포기하지마

나에게 주문을 외고 최면을 건다

소망이 더디더라도

물주기는 계속될 거라고

그녀가 변하지 않으면 내가 변해 보자고

다짐을 한다

면허증 발부

그녀가 휠체어를 탄다

면허증도 발부받았다

휠체어 2종 면허증

박혜원

바른 글씨로 주민등록번호와 주소를 적어놓고

발행일자와 발행자 이름도 꼼꼼히 챙겼다

분홍색 블라우스를 입고

해맑게 웃는 혜원이 얼굴은 가장 공을 들였다

그런데 일부러 빳빳한 종이를 골라

정성껏 만든 면허증을 그녀는 자꾸 패대기친다

날마다 하는 연습이지만

할 때마다 싫어한다

그래도 나는 그녀를 교관처럼 훈련한다

포기는 안 된다고

멈추는 건 안 된다고

이제 프로처럼 장갑을 끼고

스스로 '두 바퀴!'를 외치며 병실 복도를 돈다

제법 해찰하는 여유도 생기고 다른 병실을 기웃거리고

표지판에 글씨도 잘 읽는다

유턴을 하고 후진을 하고 T코스를 돈다

입력된 대로 오류 없이 출력하는 기술을 발휘한다

보는 사람마다 칭찬을 하니 그녀가 고래처럼 춤을 춘다

그녀가 휠체어를 탄다

나는 그녀에게 1종 면허증을 준비하고 있다

뿌리 야윈 수선화

못가에 청초롬히 옅은 웃음 내비치며

물속에 뿌리를 내린 수선화는 그녀를 닮았습니다

사람들의 사랑을 온몸으로 받아도 그녀는 수선화처럼

웃기만 합니다

세상을 두려워하고 맞서 싸울 용기가 없습니다

항구에 묶여 있는 폐선처럼 항해할 의지가 없습니다

화려한 장미보다 자기 연민에 빠진 수선화를 더 좋아하고 사랑합니다

자기밖에 모르는 지독한 나르시시즘에 빠졌습니다

언제쯤 그녀의 향기를 제대로 맡을 수 있을까요

마냥 누움이 좋아 피어오르지 못함을 애타지 아니하는

그녀가 정말 얄밉습니다

수선화 품은 달

매일 똑같은 근심으로 병상을 찾아오는 그녀의 엄마는

둠벙*처럼 캄캄하고 검은 달이 되어 고단합니다

젊은 어린 딸이 수초에 엉키어 동면하는 수선화 뿌리 잡고

오늘도 어제처럼 돌아서서 웁니다

삼백 예순 날 무릎이 닳도록 빌고 또 빌어도

응답 없는 허공에 눈물 걸어놓고

수선화 품은 달처럼 아침을 기다립니다

* 웅덩이를 의미하는 사투리로 논의 물을 대기 위해 지하수나 빗물을 가두어두는 인공습지

내일이 설이란다

명절은 기다리지 않아도 오고

몇몇 간병사들은 보따리를 싸서 철새처럼 푸다닥 집으로 간다

간병사의 빈자리를 각자의 보호자가 채운다

얌전하게 보자기를 푸는 한 보호자의 손길이 낯설고 서툴다

내 시선을 느낀 걸까 누구나 할 수 있지만

결코 아무나 할 수 없는 일이라는 걸 알았을까

간병사들 대단하다고 과한 칭찬을 한다

어쩐지 뼈가 느껴지는 건 내 자격지심일까

한 번쯤은 가족들이 환자 돌봄을 체험해도 좋겠다

명절에 집으로 가는 환자도 더러 있지만

코로나 때문에 외박은커녕

비대면 면회도 허락할 수 없는

비상 대책으로 속이 시끄러운 할머니 한 분이 애꿎은

옷을 입었다가 벗었다가 창밖으로 던진다

살면서 이런 시절은 없었는데 언제쯤 겨울이 지나갈까

봄은 정녕 오려는가

혜원이 묻는다

이모 내일이 설이에요?

그래 내일이 설이란다

혜원이 길들이기

그녀의 병명은 뇌 손상

생각도 말도 어눌해서

간병하는 사람을 바꾸기 일쑤였지만

어느새 두 해 넘는 세월을 함께 울고 웃고

함께 밥을 먹고 함께 잠을 자고 있다

여전히 고집 세고 자기중심적이지만

안 되는 것은 소용없다는 걸 조금씩 세뇌 당하고 있다

못하는 말에 비해 알아듣는 말은 적어도

소통이 어렵지 않을 만큼 가까워졌다

참 이상도 하지

가르침은 따르지도 기억하지도 않으면서

스스로 정한 법칙은 잊어버리지 않는다

혼날 줄 뻔히 알면서 온종일 툴툴거린다

그럴 때 왜 나는 통지표에 쓰여 있던

'온순'이라는 말이 튀어나오는지 몰라

혜원이 길들이기는 실패하고 내가 길들여지는 기분이다

혜원이 너 이모 말이 달구나

쓰면 뱉을 텐데 삼켜서 다 씹는걸 보니

네 맞아요 달아요 능청스럽게 해죽거린다

할 일이 참 많은 애 엄마라서

한 남자의 아내라서

위로의 손만 잡고 뜻 다 받아주어서는 안 되기에

호랑이 선생도 되고 사감 선생도 되고

교관처럼 훈련을 해도 정작 그녀는 필요성을 인지하지 못한다

산만하고 천진한 그녀는 더 아프고 싶지 않은지

몸 쓰는 걸 싫어하고 두려워한다

죽음의 문턱이 얼마나 무서운지 아는 사람이 되어

살아 있는 이대로 좋다는 생각일까

앉지도 걷지도 못하면서 걱정 근심이 없다

한참 잠투정을 하더니 쌔근쌔근 숨소리가 들린다

또 조금 있으면 어젯밤에 했던 말을 꿈꾸듯 출력할 게다

나는 그럼 이렇게 말할 것이다

곁에 있어 어서 자

갈등의 심화

내 사랑은 미완성이고

그녀와의 이별을 꿈꾼다

이별이 내 안에 벌처럼 윙윙거려도

티끌 같은 사랑이 남아있나 보다

한 줄기 빛으로 돌고 돌아

이별은 한 발짝 멀어져 측은지심으로 순해진다

화병에 꽂힌 조화처럼 변함없는

그녀를 오늘따라 유심히 바라본다

이것도 싫고 저것도 싫고

수심愁心을 모르는 공주처럼

연하고 둔한 얼굴에는 알 수 없는 뾰족한 가시가 있다

향기는 없고 꽃만 예뻐서 잘난체한다

빼앗긴 봄날은 어쩌라고

쓴 뿌리는 삼키지 않고

날아가지 않는 민들레 홀씨처럼 안전만 꾀하려 한다

완성을 꿈꾸는 내 사랑은

심란했던 이별을 접고 그녀를

새 화병에 꽂는다

특별한 친구

아무도 믿지 못하겠다는 듯 눈빛이 흔들린다

피해자처럼 주저주저 입도 떼지 못한다

옥이를 처음 보았을 때

안아주고 싶을 만큼 애처로웠다

나는 덥석 그 작은 손을 잡고 내가 돕겠다고

같이 가보자고 했다

그렇게 그녀와 나는 3년 동안

쓰레기봉투 같은 속주머니를 서로에게 다 보여주었다

한바탕 울고 한바탕 웃고 나면

나는 철저히 간병사로

옥이는 안간힘을 쓰면서도 보호자로 돌아갔다

그러다 털썩 무너지는 순간이 온다

어느 날 나는 일부러

차를 몰고 가까운 외곽으로 나갔다

그녀의 답답함을 달래주고 싶었다

예감은 했지만 옥이는 할 말이 있다고 한다

조용한 찻집에서 한동안 초조하게 찻잔만 바라본다

옥이는 더 이상 딸을 감당할 수 없어서

요양병원으로 보내야 한다는 통보를

그토록 힘들게 토해냈다

다 말라서 눈물도 없을 것 같은 그녀와 나는

쓴 커피에 눈물을 타고 마시지도 못했다

그런 날이 안 오길 바랐을 뿐인데

그날은 오고야 말았고 나는 어쩔 도리가 없었다

그날 내가 할 수 있는 말은 이것뿐이었다

이제 너와 나는 친구다

보호자 간병사라는 이름표 떼고 진정한 친구가 되는 거다

우리는 투박한 손을 맞잡고

서로에게 스며들기로 했다

문득 길을 걷다 옥이 생각이 날 때가 있다

네 인생도 돌아보고 하늘도 좀 올려보라고 해도

옥이는 그게 어렵다고 한다

내가 쉽게 말했나 미안하다가도 또 잔소리 쓴소리를 한다

기도하는 마음

내가 얼마나 더 너희와 함께 있으며

얼마나 너희에게 참으리요[*]

나는 순간 그녀를 생각한다

교육이나 학습을 통해 달라진다면 지금쯤 능히 할 수 있었을 걸

아무 것도 할 수 없고 의지조차 없는 그녀의 무기력증이 답답하다

요즘 자주 운다

퇴원할 날이 가까워지면서 갈 곳을 정하지 못하고

끝내 가야할 곳이 요양병원이라는 걸 알아버린 탓일까

가기 싫다고 삐죽삐죽 서럽게 운다

하나님의 기적은 어디에서 구할까

믿음 없어 간구하지 못하는 입술을 대신해 기도를 한다

인생을 불쌍히 여기시고 미쁘게 봐 주사

....

* 마가복음 9:19

만지소서 외면하지 마옵소서

생리적인 욕구마저 불확실한 그녀를 더듬어 보소서

누군가의 손길만 기다리고 바라는 그녀를 나 어찌 보낼까

어찌 저를 보낼 수 있을까 벌써부터 와사비 맛처럼 싸하다

미완성된 이별

백일 동안 정성을 들여도 좋은 효험이 있을진대

천일의 지성에도 별반 차이 없는 그녀를 부엉이처럼

우두커니 앉아서 바라본다

오늘 밤이 지나면

그녀는 정해진 곳으로 가고

나는 그녀 대신 또 다른 누군가를 품을 것이다

돌아보면 나는 나쁜 간병사였다

그녀를 위한다는 자기합리화에

빠져 타성에 젖었는지도 모른다

마지막 목욕을 시키는 날

느닷없이 그녀가 끄억끄억 운다

잘못한 거 많았다고 크게 우는데

내 잘못이 더 커서 으앙으앙 따라 운다

좋았다면 추억이고 나빴다면 경험이라 하지 않던가

가지 않으면 안 되냐는 심란한 말에 단호하지만

부드러운 말로 다독였다

그곳에 가서는 예쁜 여우도 되고 미련한 곰도 되라고

나는 간병사가 아닌 이모의 심정을 담아 그녀를 보낸다

경계선 없는 먼 하늘에 차단된 눈물을 뿌리며

혜원의 일기

안네의 일기*를 읽다가

혜원의 일기를 써야겠다는 생각이 들었다

매일 똑같은 일상이지만 매일 똑같은 언행일 수는 없다

일기의 소재는 주로 혜원의 행동 변화

생리적인 현상들은 여백을 메꾸어준다

그날 쓴 일기는 다음 날 읽어준다

나중에 더 나중에 그녀가 일기를

읽기를 소망하는 마음으로 쓰기도 하고

그녀 자신이 쓰는 것처럼 대필하여 쓰기도 한다

또 쓰고 또 읽어주고

나중에는 동화책을 읽듯

성대모사까지 하면서 서로 재밌어했다

* 안네 프랑크, 『안네의 일기』. 문학사상

일기를 쓴 기간은 고작 3개월 정도

혜원이 떠나며 쓰기는 멈추었다

아직도 그 일기장이 남아 있을는지는 모르겠다

꼭 남아 있어 잘 보관되면 좋겠다

혜원은 나와 헤어진 후 요양병원에서 생활하고 있다

가끔 전화나 서툰 문자가 온다

말보다는 쉽게 알 수 있는 문자 실력이 점점 좋아지고 있다

힘들게 가르쳤던 보람이다

그녀는 자신의 운명을 받아들이는 것처럼

소통이 부재한 병실에서 그래도 잘 지내고 있다고 한다

다행이다

녀석이 훅 보고 싶다

10부

나쁜 간병사였다

오줌 누는 법

가랑이 사이로 하얀 소변 통을 대준다

거기에는 숲이 있고 작고 오묘한 계곡이 있다

그 물은 마르지 않고 순환한다

톡톡 두드리면 생명의 근원 같은

맑은 물줄기가 시원하고 개운하다

오구오구 예뻐라

오구오구 예뻐라

머리 자르기

밤송이 같던 그녀의 머리가 어느새 보들보들 만져질 만큼 자랐다

복원수술하려면 어차피 한 번은 잘라야 할 터

보호자의 동의 아래 오늘은 내가 미용사로 변신한다

행여나 다칠까 조심조심하면서

싹둑

싹둑

쓱싹

가위질을 한다

잔가지 하나 없는 민둥산에

윤정은 와락 눈물을 쏟는다

기분 나쁘다는 듯 침도 찍찍 뱉는다

윤정아 미안해

언니가 잘못했어

이번에 수술 하고 나면

더 예쁘게 길러줄게 약속

새끼손가락을 걸고 재활실로 보낸다

그녀는 알까

재활실로 향하는 뒷모습이

저 혼자 몰래 떨어진 알밤처럼

야무지고 탱글어 보인다는걸

창밖을 봐

혼자 일문일답을 하며

지금 밖에는 눈이 펑펑 온다고 그녀에게 말한다

눈 구경할까 했더니 오른쪽 눈동자가 창가로 굴러간다

고개를 돌려주며 저기 봐봐 창밖을 봐봐

함박눈이 유리를 통과할 듯 창문을 두드린다

눈을 껌벅거리고 입을 뾰족거린다

할 수 없다고 아무것도 안 하는 것보다

흉내라도 낼 수 있도록 도와주는 것

그것이 지금 내가 할 수 있는 최고의 일이 아닐까 싶다

윤정아 눈 구경 잘 했지

윤정이처럼 너무 예쁘다 그치

나쁜 간병사였다

맑은 국물을 후루룩 마시면서 후회한다

몸을 웅크리고 이불을 더 당겼을 때를

동이 트는 것이 무서워

커튼 사이를 외면했을 때를

가늘고 긴 줄을 타고

똑똑 떨어지는

세 끼 수액은 그녀의 생명 같은 밥이다

공짜로 하는 일도 아닌데 더러는 생색을 낸다

지금도 마악 그런 생각이 든다

나만 할 수 있다는 오만으로 헝클어진 머리칼의 방향을 모른다

반성한다 그리고

용서하지 않는다

스물네 시간 그가 깨면 나도 깨고

그가 울면 내 눈물도 보태자

인색하지 말자

사랑을 줄 수 있을 때 어디 그리 많고 쉬운가

한 사람을 돌본다는 것은

그 사람의 과거 현재 미래를 보듬는 일이다

이 놀라운 일에 나쁜 간병사 이름표는 떼어버리자

그동안 나는 나쁜 간병사였다

신의 침묵

그녀와 여름 가을 두 계절을 보내고

캐럴이 울리는 세 번째 계절 겨울이 다가오고 있다

병원을 옮기려던 중 돌연 VRE* 세균 침입이 뼈아프다

전문병원으로 전원된 윤정은 착한 격리실에 갇혔다

일주일에 한 번꼴의 검사

3주 연속 음성이 나와야 일반병원으로 갈 수 있는데

좀처럼 음성의 여지가 보이지 않는 영역은

새장 속의 새처럼 답답하다

금방 좋아질 거란 섣부른 생각이

굼벵이처럼 더디 가고

까슬까슬했던 머리카락은

벌써 2센티미터 넘게 자랐다

의식이 돌아오면 얼마나 좋을까

말이라도 할 수 있으면 얼마나 또 좋을까

* Vancomycin-resistant enterococci의 약자. 반코마이신내성장알균으로, 반코마이신을 포함한 Glycopeptide 항생제에 내성을 보이는 장알균으로 인한 감염증

여전히 나 혼자 이야기한다

예뻐서 꺾고 싶은 꽃 같고

귀해서 감추고 싶은 보석 같은

쉰 살 그녀와 나는 다행히 사랑에 빠졌다

눈이 딱딱 마주치고 삐죽삐죽 오물거리는

입술 모양은 유일한 소통의 통로

토해내듯 기도를 올려도 응답 없는 신의 무표정

사랑인가

차별인가

시든 오동잎처럼 툭 떨어진다

떨어진 틈새에서 새움이 돋는 것처럼

그날이 오면

그날이 오면

그땐 윤정아

신의 침묵을 부수고 일어나 만세를 부르자

내 품에 아가

아기가 되어버린 너, 나와 인연을 잇는다

언뜻 보아도 예쁘고 유심히 보면 더 사랑스럽다

밤송이 같던 꺼벙머리 이제는 윤기가 난다

처음부터 나의 아기인 양 모든 게 순순하다

너에게 말을 걸고

너의 맑은 눈을 보고

너의 뺨을 만지고

희고 고운 너의 손을 잡아도

너는 그저 멀뚱멀뚱

나는 자꾸 눈물이 난다

표, 표, 오물거리는 입술로

너의 모든 것이 표현된다

그것이 좋고 기뻐서 자꾸 말을 건넨다

너의 이름 석 자를 부르면

나의 모든 세포가 눈사태처럼 와르르 무너져

춤추는 나뭇가지를 꺾는다

너라는 존재에

아기처럼 힘껏 매달리고 싶다

아기가 되어 버린 나, 너와 인연을 잇는다

숲속의 음악회

그녀를 위하여 매일 아침 음악을 듣습니다

유튜브 알고리즘을 통해 얻은 선물 같은 하루가

잔잔하고 평온합니다

여기가 숲속인 듯 초록색 향기가 병실을 가득 채워 나갑니다

마치 동화처럼, 토끼가

피아노 건반을 두드릴 때마다

계절이 흐르고 날이 갰다 때론 궂고

흩날리는 꽃잎 사이로

숲속의 동무들이 하나 두울 나오기 시작합니다

다람쥐 부엉이 곰 뱀까지 출연한다는 플랜카드가 너풀거리고

호랑이와 사자는 출연금지라고 크게 쓰여 있습니다

휴 다행이다

토끼는 더욱 신나게 신들린 연주를 이어가고

동무들은 행복한 리듬을 타면서 노래하고 춤을 춥니다

거북이는 멀리서 고개를 끄덕이고

호랑이 사자도 멀찍이서 어슬렁어슬렁 장단을 맞추고 있습니다

숲속의 동식물들이 생기를 찾아가며 마음의 안정과 평화를 누립니다

나와 그녀는 최고의 관객입니다

눈동자를 이리저리 굴리고 침을 꼴깍하고 발가락을 움직이며 화답합
니다

지친 기색 하나 없는 토끼에게

커튼콜 할 준비를 단단히 하면 어느새 막이 내립니다

숲속 내음은 환한 백열등 아래 옅어지고

그녀와 나는 기쁨이 솟구치는 선율을 여운 삼아

하루를 시작합니다

그녀는 가수였다

Y병원 610호 조윤정 씨,

선생님이 들어가 보세요

더 이상의 정보는 생략한다

환자라는 이유보다 중요한 사연이 있을까

그렇게 한 사람이 나에게 왔다

불과 몇 개월 전만 해도 그녀는 제 몸의 일부처럼

마이크를 휘어잡고 무대에서 관중과 함께 즐거워하며

노래하는 가수였단다

오목조목 고저의 조화가 잘 된

정원의 화초처럼 아름다운

그녀에게 도대체 무슨 일이 일어난 걸까

한쪽 눈동자는 보이지 않아도 호수처럼 맑게 노래하고

혈관의 피는 장미보다 더 붉게 환호하는데

어찌 이리 무심하고 잠잠하단 말인가

현대의학의 도움으로 주도면밀하게 치료하고 검사하고 재활치료하면서

모든 의식이 깨어나기를 간절히 소망한다

노래할 때 젤 행복해 했다는 따님의 말에 영상을 찾아 노래를 듣는 순간

나의 온 전신에 소름이 돋았다

나는 조심스럽게 그녀의 귀에 이어폰을 꽂아준다

신이시여 어디 계시나요

졸지도 주무시지도 않는다고 하던데

속히 도와주소서

그녀의 과거를 알았고 현재와 미래를 알아가고 있는

나는 매니저처럼 무장하고 꽃무늬 두건으로 민머리를 감싼 채

재활실이라는 무대에 오른다

세 번째 삭발

그러니까 4개월에 한 번꼴이다

2센티미터도 채 못 된 머리카락이

여승보다 슬픈 눈물 되어 떨어져 나간다

암과의 사투는 또 다른 합병증을 유발했다

그녀의 자유의지는 완전히 무너졌다

성한 마음으로 바라볼 수 없어도

애틋한 정성으로 최선을 다한다

미안해 이번에도 어쩔 수 없어요

다음번엔 예쁘게 길러줄게요

빤한 거짓말을 너무 쉽게 하는 내가 밉다

머리카락이 자라는 것처럼 생각도 자라고

세포가 근육이 자란다면 얼마나 좋을까

저절로 자라나는 것마저 그녀의 일부라 여기고 함부로 하지 않는다

또 삐졌다

또 달래준다

4개월 후

똑같은 핑계로 그녀의 마음을

잘라낼 것이다

그 후로도

그 후로도

토요일의 의식

괜히 경건해지고 조심스럽다

뭔가를 할 때마다 느끼는 감정이지만

토요일은 더 예민하고 섬세하다

머리부터 발끝까지 일이라 부르지 않고

어떤 의식이라고 생각하며 제사장처럼

차분하게 진행한다

샤워기로 씻어낼 수 없는 여러 가지 까닭으로

침상에서 닦아내지만 그녀는 순한 양같이

좀처럼 뿔을 드러내지 않는다

그녀의 몸에서 기생하는 각질이 살아 있는

제물 되어 떨어져 나가면

물세례로 깨끗이 흘려보낸다

과정마다 성스럽다

새 옷을 입히고 휠체어에 앉힌다

두 발을 대야에 담그고 그녀가 부른 노래를 들려준다

눈망울이 움직이고 입술을 오물거린다

최고의 애정표현이다

침대 시트까지 새것으로 단장하고 적당히 불린 발을 씻긴다

묵은 때가 물 위에 둥둥 뜰 때 내 기분도 둥둥 떠오른다

신부처럼 순결한 그녀를 다시 새하얀 침대에 눕히고

세마포 같은 이불을 감싸주면 모든 게 감사해서 눈물이 난다

똥은 예쁘다

똥은 예쁘고 고맙다

그녀를 돌보면서

더럽다는 생각이나

나쁘다는 생각이나

싫다는 생각을 단 한 번도 한 적 없다

불순한 내 마음이

지극히 정상으로

돌아온 느낌이랄까

아무것도 모르는 백치 상태

바보처럼 계산 없는 순수 상태

생물의 자연을 씻어내듯

신성한 의식을 치르듯

정갈하게 포장하여 정해진 곳에 내려놓고 돌아와

천사처럼 평온한 그 얼굴 본다

똥은 예쁘고 고맙다

침묵하는 시간일지라도

뱃줄 따라 뉴케어*를 먹는 하루 세 끼가 그녀의 힘이다

어디로 들어가는지 어떻게 먹었는지

알 수 없고 말할 수 없어도

그 힘으로 푸른 잠도 자고 맑은 뒷일도 묵화처럼 스며들게 한다

운 좋으면 통에 받아내기도 하여 기저귀 한 장이 저축된다

목욕하는 일은 늘 새롭고 힘들다

방심하는 사이 욕창이 주인 되면 절대 안 된다

통나무 굴리듯 두 시간마다 체위를 바꾼다

가래가 막히면 큰일이다

마침표 없는 하루의 끝에서

물끄러미 바라보는 말간 얼굴은 물만 먹어도 윤기가 난다

옥에 티조차 없는 그녀와 말없이 보내는 하루가 무섭고 답답했지만

고독할 시간이 없다

....

* 액상형의 식사대용 환자식

함께 즐기는 방법을 터득하고 소리 내어 책을 읽는다

들어보라고 들리라고 더 큰 소리로 읽는다

드문드문 마른 적막을 깨는 그녀의 기술이 놀랍다

물고기 거품처럼 뿍뿍 침을 뿜는 재주가 싱그럽다

함께 밥을 먹고

함께 잠을 자도

함께 할 수 없는 일이 너무 많아 미안하다

말하지 않아도 다 알아

다 듣고 있다는 거 알아

맑은 눈동자 뾰족이는 입술이 무얼 말하는 지 다 알아

태연한 꽃

여러 달 동안, 여러 날 동안

아무 말 없이 누워 있는 그녀에게

날마다 악수를 청하고 새끼손가락 걸고

엄지 도장까지 꾹 찍는다

종종

그녀가 불렀던 트로트도 불러준다

그녀가 할 수 없는 모든 걸 대신해준다

아주 작은 날갯짓이 얼마나 미묘한지

하품을 하고 기지개를 켜고

입을 뾰족거리고 침을 흘려도 좋아라 박수를 친다

세상에서 제일 태연한 꽃

365일

하냥* 시들지는 않을 거야

----

* 전북, 충청, 평북에서 쓰이는 방언. '늘'이라는 뜻으로 쓰이며, 전북 및 충청에서는 '함께'라
는 뜻으로 사용된다.

빠트리지 않고 계속 물을 줄 테니까

진상조사

보험사 직원이 들어와 그녀의 상태를 살핀다
질문에는 영혼이 없고
사무적인 언사로부터 공연히 짜증이 나고 슬펐지만
공손히 질문에 대답했다

합법적으로 보험금에 대한 타당성이 있는지
꼼꼼하게 체크하는 직원의 의지는 딱딱한 하드 같아도
금방 녹아내리는 아이스크림 같을 거라는 걸 안다
그래도 아무것도 할 수 없는 그녀에게
인간적인 관심이나 측은지심 정도는 있어야 예의가 아닌가
저들은 한결같이 거짓말 탐지기를 갖다 대는 것처럼 면밀하다
거짓이 있을 수 없는 명백한 사실일지라도 의례적인 절차라고
어린 새 같은 보호자가 그래도 씩씩하고 단호하다

저들과 맞서 싸우려면 힘이 있어야 하는데

나는 생사화복을 주관하신다는 분의 이름을 호명한다

다윗과 골리앗의 싸움을 주관하셨다는 그 분을 찾는다

저들에게 투영된 관찰이 왜곡되지 않고 진실히 보고되어

힘든 상황에서 벗어날 수 있기를 바라며 두 손을 모은다

섬 떠나는 날

병원은 도심 속 섬과 같다

그녀 따라 소라껍데기 같은 병실에 들어가

용케도 1년을 살았다

나름대로 정성껏 돌보고 가꾼 섬

그 섬의 깨알 같은 모래인 삶에 나도 익숙해졌는데

그녀는 갑작스러운 파도에 떠밀리듯

떠날 채비를 해야 한단다

내장 같은 물품들을 몇 차례 옮기고 또 옮기고 보니

빈집처럼 휑하고 마음은 심드렁하다

외딴 섬이 마음에 썩 들지는 않아도

함께 이고 지고 지킨 자리

보이는 곳마다 온기가 있다

새로운 병원도 도심 속 섬과 같은 건 매한가지

어느 얄팍한 소라껍질 속으로 들어갈 게다

이 밤이 지나면 다른 사람의 품으로 가야 하는 신부처럼

잠을 잘라 먹으며 모래성을 쌓고 허물고 쌓고를 반복한다

선풍기 돌아가는 소리가 파도 소리처럼 구슬프다

그녀도 느꼈을까

뽀얀 얼굴에 듬성듬성 여드름이 마중 나온다

그래도 다행이다

가족들의 숨소리가 들릴 만큼 가까이 갈 수 있어서

아침이 밝았다, 날도 맑았다

구석구석을 점검하고 빈 소라껍질에 작별하고 나오는 기분이 나쁘지 않다

후송하는 차 안에서 나는 죄인처럼 두리번거리고

요철을 건널 때마다 들썩거리는 그녀는

호수 같은 눈동자에 빨간 불을 켠다

이제 곧 도착이다

제 2의 섬에서 어떤 해방일지가 쓰일지는 내 몫이다

흰 구름 속의 먹구름

연일 비가 내리더니 흰 셔츠를 입은 구름들이 나풀거린다

끼리끼리 단체 티셔츠 입고 여행하는 모습처럼 생기발랄하다

저렇게 진실한 구름 속에 먹구름이 숨어 있다니

상상이 가지 않을 만큼 순백하다

장마철 동안 내가 보아온 구름은 완전히 평정심을 망각하고 눈물만 흘
렸는데

사람도 구름 같아서

구름도 사람 같아서

문득 두 마음이 궁금하다

구름이 평화롭게 가다가 산 중턱에 걸렸다

먹구름으로 돌변할까 조마조마했는데

뒤따라오던 구름이 춘향이 그네처럼 밀어 올린다

나무에 걸릴 때마다 힘껏 밀어 올려주던 어떤 사람을 닮았다

나는 그녀에게 전래동화인 척 옛이야기 해준다

그녀가 부서지는 태양처럼 눈을 깜박인다

안구정화

하늘에는 호수가 있어 얼음조각이 떠내려가고

호수에는 하늘이 잠겨 구름 조각이 떠내려가요

반은 하늘이고 반은 호수가 되어버린 초록 산은

어찌할 바를 몰라 해요

그녀와 나는 마음에 들게 병실을 꾸며 놓고 이따금 밖을 구경해요

창문은 마치 큰 액자 같아서 수채화 같은 풍경을 가득 담아내요

가끔은 고추잠자리 같은 기차가 날아가기도 해요

스산한 앞 건물에도 사람이 살 테죠

낮에는 사람들이 안 보여도 밤에는 도깨비불처럼 반짝거려요

건물의 높이가 낮아서 참 좋아요

멀리 호수가 보이거든요

이 섬이 마음에 들어요

마을 사람들은 따뜻하고 순박해요

날마다 새로워지는 풍경으로 건조한 마음도 정화되고

무엇보다 안구정화가 되어서 좋아요

고통의 배설받이, 요양병원 최전방 지피(GP) 천사

왕태삼(시인)

1. 사랑의 전운이 감도는 시세계에 들며

시는 제 몸에 침전된 사유를 비유와 상징적 기호로 배설하는 고도의 예술이다. 때문에 배부른 관념의 뱃살을 빼지 않고선 하루도 숨 쉴 수 없는 존재가 시인이다. 김필로 시인의 첫 시집 『섬마을 사람들』은 대부분 요양병원의 간병 체험을 장기간 수혈하며 탄생했다. 늘 위중한 파동의 숨소리를 지켜야 하기에, 시인과 대상과의 거리감은 없거나 한 치 앞 정도다. 『섬마을 사람들』은 도심 속 요양병원과 환자들을 비유한다. 절해고도로 던져진 인간 최후의 고독과 고통, 죽음과 이별의 총구 앞에서 시인은 어떻게 대상을 보듬어 안고 방탄시인이 되었는지? 결국 김 시인은 세상 고통의 배설을 내 안의 사랑으로 씻기고 잠재운다. 그 인간애는 진실한 시적사유로 무장했기에 병든 대상의 내면에 깊이 스며들어 단절된 소통의 회로를 잇는다.

김필로 시인은 끝없이 대상을 두드리며 줄탁동시啐啄同時의 구원의식을 행한다. 때론 "하나님의 기적은 어디에서 구할까"(「기도하는 마음」)라고 간절히 부르지만 결국 "사람의 상처는 사람으로 치유"(「전면금지」)해야 하며, "그녀가 변하지 않으면 내가 변해 보자고/ 다짐을 한다."(「포기하지마」)

첫 시집의 시적공간은 감옥처럼 적막하고 숨 막힌다. 때문에 날개 접힌 모든 존재들의 양태와 속성은 처연하고 절박하고 적나라하다. 거부할 수 없는 생로병사의 벼랑에서 존재는 어떻게 우는가, 막다른 존엄성은 어떻게 지켜져야 하는가, 죽어가는 자나 산 자나 최고의 애창곡은 왜 '사랑'인가를 현장의 목소리로 생생히 표상하고 있다.

김 시인은 더 나아가 현대문명의 산물인 고령화, 치매, 연명의료결정제도, 가족돌봄청년, 가족의 붕괴, 가난의 세습 등 우리들의 짙은 그늘을 암시하며 빛의 세계로 인도한다.

먼저 시인의 최전방 초소(GP)에 들어 그의 시세계를 살펴보자.

ICU의 밤이 비교적 평온하다

간간이 가래 끓는 소리와 거친 숨소리가 듣기 좋다

그 소리는 깊은 밤의 생명력이다

한기가 들지 않을 만큼 어르신들 이불을 덮어 드리며 낯을 살핀다

유독 박 어르신의 입술이 말라 있고 희미한 그림자가 다른 날과 다
르다

오늘일까 내일일까 아직은 아닐 거야

예기치 않게 빈 침대를 마주하는 일 때로는 버겁다

담대하게 크게 동요하지 말자고 마음을 다잡아도

삶과 죽음의 갈림길 앞에서는 쉽사리 익숙해지지 않는다

끝없이 깊어가는 밤

라운딩을 하는 발걸음이 급한 만큼 또 차분하다

「깊은 밤」 전문

1연의 "ICU"는 중환자실을 뜻한다. 일반병실과 달리 특정한 공간적 구
조와 "깊은 밤"이라는 시간적 구조를 초점화하여 적막한 긴장감을 고조
시킨다. 시인은 "비교적 평온하다"라고 애써 호흡을 가다듬지만, 그 시적

정서는 비무장지대 지피(GP)처럼 전운이 감돈다. 이미 시인은 "고된 신고식을 마쳤"(「간병 신고식」)다고 고백한 적 있다. 그 언술은 막 입대한 훈련병처럼 군기와 공포심을 심히 거쳤다는 것이다. 이로써 김필로 시인은 '고통의 배설받이, 요양병원 최전방 지피(GP)천사'의 시세계를 보여준다.

1연은 청각적 심상과 역설적 수사가 빼어나다. "간간이 가래 끓는 소리와 거친 숨소리가 듣기 좋다/ 그 소리는 깊은 밤의 생명력이다"라는 역설은, 폐쇄적이고 절망적 병실에 오히려 역동성과 상승적 이미지를 발산한다. 또한 "한기가 들지 않을 만큼 어르신들 이불을 덮어 드리며 낮을 살"피는 상황에서 모성애의 섬세하고 따스한 손길을 엿볼 수 있다. 아울러 "유독 박 어르신의 입술이 말라 있"음을 포착할 줄 아는 시인의 눈빛에선 예리한 간병의 책무와 연민의 정이 동시에 비춰진다. 긴장의 상황에서도 시인이 바라보는 세계는 죽음의 극복 의지와 생명 중시로 충일하다.

그러나 2연에서는 흔들리는 인간적 시인을 만나게 된다. "빈 침대"는 죽음의 환유다. "예기치 않게" "마주하는" 빈 침대는 시인을 "버겁"게 한다. 은유가 사물의 유사성에 빗대어 또 다른 세계를 여는 것이라면, 환유는 동일한 인접성을 확보하여 현저한 매체[빈 의자]를 통해 정신적 접근을 제공한다. 그러니까 시인은 장기 환자를 돌보면서 육체적 관리를 넘어 정서적 케어에 도달하고자 한다. 이 대목에서 우리들은 음지에서 묵묵히

일하는 간병사의 처지와 인간적 면모를 다소 이해하게 된다. 핵가족화, 초고령화, 고독의 사회에서 간병사는 천 개의 손이 되고 천 개의 귀가 되는 천수보살인 것이다.

"끝없이 깊어가는 밤" 손과 발, 귀가 절실한 현대사회는 갈수록 외롭다. 김 시인처럼 무량한 사랑을 배설하며 "라운딩" 해야 할 곳이 정녕 요양병원 뿐이겠는가?

2. "섬마을 사람들"에게 희망을 쏘다

「섬마을 사람들」은 이번 처녀시집의 표제작이다. "섬마을"은 보통사람들의 일상적 공간이 아닌 병마와 싸우는 고립된 공간이다. 존재의 근원적 외로움이 내던져진 피투성被投性이 아닌, 재활을 꿈꾸는 처절한 희망의 공간이다. 존재의 욕망이 아닌 존재의 기본적 욕구가 일렁이는 원초적 구원의 공간이다.

지구라는 큰 섬을 떠나
몹쓸 병원이라는 작은 섬으로 이주한 사람들
작은 섬마을의 일상은 안타깝고 막막하지만

저마다 뱃고동 같은 삶이 이어진다

하룻밤 사이에도 수천 번 철썩거리는 파도 소리를 들으며

아침을 맞이하면 마을 촌장의 스피커 소리 없어도

반복되는 재활을 위하여

물때처럼 내려가는 엘리베이터가 느리다

불편하면 불편한 대로 제 몸에 붙은 장신구를

갑옷처럼 무장하고 젊은 선생님을 찾아간다

서툴거나 아예 엄두도 내지 못하는 사람들이

하나 둘 모여들고 힘겨운 싸움을 희망하며 노 저어간다

총기가 흐리고 의욕이 없어도

보디가드처럼 따라붙는 간병사의 도움을 받아

자리를 몇 번이고 옮겨 다닌다

더러는 날마다 새로워져

웃음을 찾아가도

더러는 날마다 다름없이

웃음을 잃어가도

시간을 멈출 수 없다

재활의 의지보다

현재의 안락을 원하는지도 모를 사람들은

주꾸미처럼 소라껍데기 속으로 몸을 숨기기도 한다

실낱처럼 꿈틀거리는 작은 변화는 기적과 같아서

고래처럼 춤을 추고

손발 끝이 자잘해지며

어기적 저기적 뒤뚱뒤뚱 꽃게처럼

걸어도 그것은 섬 전체를

움직이는 선물이 된다

지구라는 섬에서 누렸던

수많은 순간들이 사치였다 할지라도

이 작은 섬에서 최고의 욕심은

그 사치를 닮아가는 것이다

그 사치를 갈망해도 좋을 사람들에게 담금질을 한다

날마다 재활실을 다니며

섬마을을 가꾸는 사람들

붉은 동백보다 더 노란 그 무엇으로

피어났으면

「섬마을 사람들」 전문

한 존재가 태어나 섭리의 세계를 거치는 동안, 한 번쯤은 치러야 할 이승의 지독한 몸살의 공간이 있다. 김 시인은 그 작은 공간을 "섬마을"이라 부른다. 그 섬이 멀든 가깝든 누구나 한 번은 섬맛을 보았거나 혹은 미래의 "섬마을 사람들"이라 비유할 수 있다. "지구라는 큰 섬"은 "섬마을 사람들"이 되돌아가고 싶은 일상적 세계다. "지구"는 그들이 원래 살았던 이상향이다. "몹쓸 병원"이라는 섬은 고통의 공간이지만 지구를 다시 회억할 수 있는 객관적 공간이기도 하다. 이는 우리로 하여금 현재의 위치를 다시 한 번 성찰케 하는 교훈을 준다. 여기에 김 시인은 "뱃고동"이라는 청각적 심상의 신호탄을 쏜다. 그 소리는 "섬마을 사람들"의 간절함과 처절함으로 혼융 변주되어 "지구"에의 귀환 의지를 불어넣는다.

"섬마을"에서 병마와의 대결은 의지적으로 묘사되고 있다. 그러나 "갑옷처럼 무장하고", "힘겨운 싸움을 희망"할 수 있는 건 간병사의 숨은 조력이 있기 때문이다. 이 대목에서 우리는 존재의 '욕구단계설'에 주목하게 된다. 존재들은 가장 먼저 무너진 생리적 욕구를 갈망한다. 때문에 "반복되는 재활"의 공간으로 "물때처럼 내려가는 엘리베이터"의 행렬은 원초적이고 기계적이다.

시인은 단호하게 그 길의 "시간을 멈출 수 없다"라고 생명의 의지를 불어 넣는다. 그 결과는 "웃음"을 찾든 못 찾든 불확실하지만, 중요한 건 현재의 장애를 극복하려는 생명 의지인 것이다. 이러한 시적 표현은 '존재는 늘 현재의 나를 극복해야 한다'는 역동적 기제로 작동한다.

이제 "섬마을 사람들"은 어떻게 고통의 섬으로부터 나올 수 있을까? 안락한 "소라껍데기" 속에서 피동의 죽음을 맞이할 것인가? 혹은 과감히 뛰쳐나와 자유의 "주꾸미"가 될 것인가? 절박한 생명의 의지는 경이로운 "작은 변화"를 "선물"한다. 그 모습은 "어기적 저기적 뒤뚱뒤뚱 꽃게처럼" 웃겨보여도 "섬 전체를/ 움직이는 선물이 된다" 결국 나비효과처럼 삼천리 물결을 솟구쳐 구만리 하늘에 오르는 붕새의 "기적"을 낳는 것이다. 벼랑 끝 섬에서도 꺾인 날개를 끝없이 펼치려는 생명의 욕구, 그것은 생사의 결과를 떠나 자유의지로 부활하는 동시에 타자의 동기부여로 확장하게 된다.

"섬마을 사람들"을 대하는 시인의 정서는 모성애와 부성애를 닮았다. 왜냐하면 그들이 과거 "지구라는 섬에서 누렸던" "그 사치를 닮아가"도 좋다는 무한 사랑과 그리고 재활의 "담금질"을 시키겠다는 엄한 채찍을 동시에 가하기 때문이다. 이것은 쉴드치는 어머니의 무한 방패이자 냉정한 아버지의 도전 정신의 다름 아니다. 이러한 정서는 신비평가 워렌이 주장한 '시란 양자택일의 논리적 언어가 아닌 양자긍정의 언어'라 설명할 수 있다. 이렇게 부모의 마음은 논리적 언어보다 시적 언어에 훨씬 가깝다. 물의 향기와 피의 향기가 함께 흐른다. 즉, A=A이면서 A≠A가 아닌 것이다.

김필로 시인은 "붉은 동백보다 더 노란 그 무엇으로 피어"나길 소망한다. 이러한 시인의 구원의식은 "섬마을 사람들"에게 큰 감동의 파문을 일으키며 "작은 변화"를 추동하는 기적의 힘이 될 것이다.

3. "똥"은 고도의 은유와 상징, 역설이다

독자들은 의문할 것이다. 과연 김필로 시인의 무량한 사랑은 어디서 나왔을까? 하물며 중증장애인만 오래오래 모시는 그 간병 정신의 근원은 무엇일까? 그 해답을 내놓은 작품이 바로 「똥은 예쁘다」일 것이다. 수미상관으로 반복 선언하는 시인의 속을 들여다보자.

똥은 예쁘고 고맙다

그녀를 돌보면서
더럽다는 생각이나
나쁘다는 생각이나
싫다는 생각을 단 한 번도 한 적 없다

불순한 내 마음이

지극히 정상으로

돌아온 느낌이랄까

아무것도 모르는 백치 상태

바보처럼 계산 없는 순수 상태

생물의 자연을 씻어내듯

신성한 의식을 치르듯

정갈하게 포장하여 정해진 곳에 내려놓고 돌아와

천사처럼 평온한 그 얼굴 본다

똥은 예쁘고 고맙다

「똥은 예쁘다」 전문

「똥은 예쁘다」라는 시를 보면 차별과 분별심이 없는 무아의 경지가 느껴진다. 불가에 '분소의糞掃衣'가 있다. 똥 묻은 헝겊을 주워 모아 꿰맨 옷인데, 수행하는 스님이 입는 가사를 뜻한다. 원래 분소의는 화장할 돈이 없어, 가난한 천민들이 시체를 둘둘 말아 숲에 버리던 천이었다. 그것을 주워 옷으로 기워 입는 행위는 어려운 자의 고통과 함께 하려는 검소한 사랑의 수행정신이라 하겠다. 이미 환자는 "서툰 말로" 김필로 시인에게 "분糞손"(「분糞손」)이란 애칭을 지어주었다. 시인은 이미 "똥"의 일반적 회피인식을 초월한 무아의 경지 또는 자기를 가르치는 경배의 대상으로 삼고 있다.

시인은 "똥은 예쁘고 고맙다"라고 화두를 던진다. 간결하고 선언적이다. 그러나 그 이면에는 고도의 은유와 상징, 역설로 가득 찼다. 똥은 피하고 싶은 역겨운 대상인데 오히려 "예쁘고 고맙다"라는 의미는 무엇일까? 똥은 섭취한 음식물의 찌꺼기다. 몸의 욕구와 욕망의 에너지를 다 태우고 난 한 줌 재인 것이다. 그것은 실천적이고 이타적인 보살정신이며 나아가 도의 경지로 상징할 수 있다. 이러한 함축적 표현은 시의 감상을 더욱 가치 있게 풍성하게 기능하는 다의성에 기여한다.

때문에 김필로 시인은 똥을 "더럽다"거나 "나쁘다"거나 "싫다는 생각을 단 한 번도 한 적 없다"라고 고백한다. 똥을 통하여 무상무념의 "백치 상태", 차별과 분별심이 없는 "순수 상태"의 경지에 들게 된다. 때문에 똥은 "불순한 내 마음"을 "정상으로/ 돌아"오게 하는 신묘한 묘약으로 비유된다. 이러한 시인의 초월적 인식으로 똥은 "자연"이요 "신성한 의식"이요, "정갈하게" 모셔야 할 절대자가 된다. 이렇게 섬겨지는 환자는 결국 "천사처럼 평온한" 얼굴로 화답하게 되는 것이다.

255

4. 상호텍스트로 진단하는 요양의 얼굴 그리고 연대의식

『섬마을 사람들』은 총 106편으로 구성되었다. 대부분 요양병원을 시적공간으로 할애한다. 시인에게 요양병원은 꺼져가는 한 생명을 사수하고 일상으로 복귀시켜야 할 최전선이기 때문이다. 그 죽음과 생명의 고지로부터 김 시인은 인간의 원초적 사랑과 간절한 기도, 초인적 정신과 냉혹한 현실로 견디어 낸다. 따라서 작품들의 서술이 일인칭 관찰자 또는 전지적 작가 시점으로서 대상들의 내면 심리를 친밀히 들여다보고 있다.

옥타비오파스는 "시는 앎이고 구원이며 힘이고 포기이다. 그리고 시의 양식은 권태와 고뇌와 절망이며 시의 기능은 세상을 변화시키는 것"이라 정의했다. 따라서 요양병원은 김 시인에게 강력한 시적사유와 공간의 모티프로 작동한다. 치매, 가족돌봄청년, 연명의료결정제도 등 간병현장을 몸소 돌보면서, 김 시인은 거룩한 요양일기를 세상에 펴놓고 있다. 또한 악조건 처지에도 간병사들은 따뜻한 연대의식으로 요양의 작은 등불을 켜고 있다. 이제 몇 편의 상호텍스트를 통하여, 요양병원의 다양한 풍경을 실감나게 들여다보자.

① 일흔다섯 그녀는 다섯 살짜리 아이가 되어 문밖에서 운다
베개를 품에 안고 언제나 볼 수 있냐고

울고 또 운다

볼 수 없어도 목 놓아 불러보고 싶다고

내 목소리 듣고 울 엄마가 올지도 모른다고

병실 사람들을 다 울린다

나는 하얀 거짓말을 한다

그녀의 엄마가 천사를 시켜서 나를 보내고

잘 돌봐주라 했다고

「치매 진행 중」 부분

② 둘은 격일제로 교대를 하고 주말에는 아빠가 간병을 한다

… (중략) …

자식이 어른의 눈으로

엄마가 아이의 눈으로

밥을 먹고 잠을 자고 불편한 나날을 보낸다

「수와 찬이」 부분

③ 주렁주렁 매달린 수액을 원망의 눈초리로 바라보던

아내가 참았던 서러움과 원통함을 도마질합니다

… (중략) …

휑한 몰골을 파고드는 파리떼 같은 수액의 가치를 아내는 셈해봅
니다

며칠 후 아내는 결단을 내렸습니다

연명제도가 모두를 위한 길이라서 사인을 하고 오는 길이라고

이렇게 살아서 뭐하냐고

「아내의 결단」 부분

④ 610호 병실에는 다섯 가지 색깔을 담은 여자들이 있다

생각은 달라도 마음은 같고 하는 일은 같아도

상태에 따라 다른 일을 하는 그녀들은 함께 잠을 자고

함께 밥을 먹고 함께 일을 한다

남다른 포스로 분위기를 조성하고

과하다 싶으면 수위를 조절하는 맏언니

상황 판단이 민첩하고 유머가 많은 둘째 언니

뒤로 빠졌다가도 중요한 포인트를 잡아주는 셋째 언니

언제나 명랑하고 맑은 하늘 같은 동생

그리고 그 모든 것에 중립적이고 비타민 같은 나

「우리들의 연대」 부분

인간은 관념의 동물이다. 태어나 언어를 주고받으며 정서의 탑을 쌓고 또 쌓는다. 그러다 세월의 비바람은 기억을 야금야금 허물어간다. 때론 날벼락의 충격과 공포는 모든 기억의 탑을 통째 무너뜨리며 결국에는 '폐사지의 기단석'처럼 '유아기의 정서'만 남게 된다.

작품 ①은 고령화 치매환자가 "다섯 살짜리 아이가 되어 문밖에서" 우는 우울한 장면이다. 아기와 엄마의 관계처럼, 그 환자를 "하얀 거짓말"로 달래는 시인의 심리적 치유가 돋보인다. "다섯 살"의 기억은 '폐사지의 기단석'으로 비유될 수 있다. 고고학자가 옛 가람의 복원을 욕망하듯, 치매환자를 돌보는 시인의 마음도 늘 회복에 목맬 것이다. 이 작품은 치매의 불안한 의식과 간병인의 대처를 일인칭 관찰자 시점으로 언술하고 있다. 나아가 현대문명에 점점 심해지는 노인성 치매의 심각성을 예비적으로 성찰케 한다.

작품 ②는 엄마 간호를 위해 청년 "남매"가 "격일제로 교대를 하고 주말에는 아빠가 간병을" 해야 하는 신산한 가족의 모습을 묘사하고 있다. 현대는 대가족의 해체와 무한경쟁시대로 손과 발 귀가 점점 부족한 사회로 가고 있다. 이 시는 '가족돌봄청년'의 실상과 대상을 바라보는 시인의 연민의식이 전지적 작가 시점으로 전개되고 있다. "자식이 어른의 눈으로/엄마가 아이의 눈으로" 통찰하는 시인의 표현은 은유적이고 역설적이다. 그 속에 청년 남매의 슬픈 대견함과 한 가정의 암울한 미래가 내포되어 있기 때문이다. 이러한 사회현상은 경제적 궁핍이 주원인일 것이다. 표면적으론 "청년의 때를 맘껏 누"리길 소망하지만, 속내는 교육 기회의 상실과 가난의 세습으로까지 염려하는 시인의 안타까운 시선이 숨어 있는 것이다.

작품 ③은 '연명의료결정제도'를 결단할 수밖에 없는 아내의 심정을 상실감과 체념적 태도로 전개하고 있다. "휑한 몰골로" "주렁주렁 매달린 수액"은 최후의 생명줄을 무겁게 지고 있는 존재의 비유적 숙명이기도 하다. "연명제도"는 무의미한 치료를 중단하고, 존엄한 죽음과 남은 가족의 고통을 줄이기 위한, 주체적이고 준비된 이별식이라 할 수 있다. 그러기에 아내는 "연명제도가 모두를 위한 길"이라 단호히 결단하게 되는 것이다. 이 작품은 마음대로 죽을 수 없는 죽음의 한계와 대처 방식을 성찰케 한다.

작품 ④는 "610호 병실"을 돌보는 다섯 간병사들의 연대의식을 발랄한 어조로 표현하고 있다. 요양병원은 일반병원보다 더욱 폐쇄적이고, 대부분 노인성 또는 정신성 질환자일 것이다. 이러한 육체적 심리적 케어 부담을 "자매 이상"의 끈끈한 "연대"의식으로 극복하는 자세가 훈훈하다. 집단지성처럼 개성이 뚜렷한 다섯 "자매"의 다양한 지혜를 모아, 환자를 돌보는 "610호 병실"이 궁금해진다. 아마도 그 간병사들의 맥박은 환자들의 맥박과 꼭 닮아 있을 것이다. 나아가 이러한 연대의식은 파편화 경쟁사회에 잔잔한 교훈을 시사한다. 한 사람도 소외 없이 함께 가치를 창조하고 그 문화를 공유할 때 그 사회는 훨씬 건강하고, 시스템 공백 시에도 자정

회복이 훨씬 빠르다는 것을 깨우친다.

5. 한 가지에 난 남동생, 먼저 현충원으로 떠나다

김필로 시인은 이번 처녀시집 제1부에 9편 모두, 먼저 간 남동생을 위한 추모의 공간을 마련해 주었다. 그만큼 형제의 이별은 믿기지 않고, 동생을 유독 아끼던 남다른 누나의 애틋한 의도일 성싶다. 동생은 "군인의 도리를 다하고 안식하던" 중 "폐암말기 선언을 받았다" "누-나 보고-싶-어/ 천-국에서-만-나"(「희망고문은 이제 그만」)라고 힘겹게 마지막 인사 후 떠났다. 신라 향가 「제망매가」의 월명사는 누이동생을 보냈고 김필로 시인은 남동생을 보낸 것이다. 김 시인은 한 가지에 나고서도 하늘나라로 떠난 혈육의 정을 다양한 정서로 추모하고 있다. 간간이 절규의 목소리도 들리지만, 비유적 절제를 통한 담담한 목소리와 끈끈한 피붙이의 정서로 죽음을 극복 승화시키고 있다. 「현충원 가는 날」은 비가 내리고 "목련이 하얗게 피어 웃던 날"(「영정 앞에서」)이었다.

　　점점 작아진 너는 어디서 그런 힘이 솟았을까
　　산 사람들을 무등하고 앞장서 간다

따로 가는 누나 길 잃어버릴까 에스코트 해주며 천천히 간다

아침도 든든히 먹었는데 점심까지 챙겨주다니

네가 쏜 왕 갈비탕 국물까지 후루룩 마실 때

많이 먹고 힘내라고 콧등에 땀까지 닦아주는 너의 손길 보았다

이곳은 이제 네가 접수하고 진두지휘할 거라며

호언장담하는 너를 자랑스럽게 바라본다

골고다 언덕길 같은 고개를 돌고 돌아 네 자리를 찾았다

임시로 세워진 네 이름 석 자에 입맞춤하며 통곡하는

꽃사슴을 위로하는 네 눈물이 반짝이더라

네가 수시로 선사하는 감동이 하늘에 이르러

마른 땅이 촉촉하여 좋구나

이곳에 안장된 영혼들과

오늘 밤은 신고식이 있을 거라고

해 떨어지기 전에 어서 들어가라고

고집스럽게 밀어내는 너를 막지 못하고 꿈속인가 했더니

아무렇지 않게 어느새 나는 집에 있더라

너는 거기 그냥 있는데 그래도 현충원은 좋더라

네가 있고 동지들이 많아 안심이더라

「현충원 가는 날」 전문

이 작품의 시간적 배경은 발인의 날이다. 비교적 이별의 정서가 격정적이지 않고 차분한 봄비처럼 내린다. 그 슬픔을 속으로 인내하고 극복하는 가족의 행렬이 나지막이 투영되고 있다. 이미 가족은 난데없는 죽음의 통곡의 소식을 지나, 눈물로써 보공의 입관 절차를 마쳤다. 그리고 발인의 아침, "유골이 분골되어/ 백자 같은 항아리에 담겨"(「나래원 가는 길」)져, 현충원으로 가는 경건한 길이다.

「현충원 가는 날」은 망자가 산 자를 오히려 위로하는 모습으로 전개되고 있다. 시의 전반부에는 다정한 누나들에게, 중반부에는 사랑하는 아내 "꽃사슴"에게, 그리고 후반부에는 먼저 "안장된 영혼"들에게 "신고식"을 해야 한다는 충정을 보여주고 있다. 이렇듯 남동생의 다정한 인품과 군인의 늠름한 정신을 엿볼 수 있다.

"점점 작아진 너"는 소멸 이미지로서, 한 줌 재로 승화한 유골항아리의 비유적 표현이다. 그러나 망자가 오히려 "산 사람들을 무등하고 앞장"서며 또한 "아침"이며 "점심까지 챙겨"주며 "콧등의 땀까지 닦아"주고 있다. 이처럼 남동생의 해맑은 낙천성과 살가운 성정은 구체적으로 묘사된다. 그리고 누나들은 "갈비탕 국물까지 후루룩" 마셔버린다. 그것은 동생이 차려준 이승의 마지막 음식이자 혈육의 향기이기 때문이다.

이 작품 중 가장 비극적 상황은 "네 이름 석 자에 입맞춤하며 통곡하는/ 꽃사슴을 위로하는 네 눈물이 반짝이더라" 구절이다. "꽃사슴"은 생전에 동생이 아내를 부르는 애칭이다. 동생의 아내사랑이 흠뻑 피어 있다. 그런데 김 시인은 이 세상 가장 순결하고 예쁜 "꽃사슴"의 "눈물"을 동생의 "눈물"로 인식하고 있다. 이것은 눈물의 속성이 대상으로부터 연유하는 생성 이미지를 갖고 있기 때문이다. 즉 '꽃사슴의 눈물'은 '동생의 현현'인 것이다. 아내를 위한 '위로의 환영'으로 얼비치고 있는 것이다. 그러나 순진한 "꽃사슴"의 앞길엔 수많은 언덕이며 벼랑이며 강물이 놓여 있을 것이다. 그러기에 '꽃사슴의 눈망울'엔 시리디 시린 비극미가 "반짝이"는 것이다.

동생은 한 줌 재가 되어서도 군인정신이 오롯이 살아있다. 먼저 현충원에 "안장된 영혼들과/ 오늘 밤은 신고식이 있을 거라고" 오히려 가족들을 위로하며 "해 떨어지기 전에 어서 들어가라고" 떠밀고 있다. 시적 정서가 역설적이다. 즉 망자가 산 자를 안심과 재촉으로 위로하는 상황인데, 그 이면에는 동생이 평생 걸어온 군인의 책임감과 전우애가 흐르고 있다. 한편으론 남겨진 고통의 몫을 스스로 달래는 산 자의 셀프위로일 수도 있다.

김필로 시인은 동생의 주검을 "박제된 독수리가 숨 쉬는 것처럼 살갑게 느껴진다"(「입관」)며 슬피 울었다. 그리고, 현충원으로 가는 길을 "골고다 언덕길"(「현충원 가는 날」)이라 비유했다. 그것은 동생의 영혼이 독수리로 날아오길 염원하는 종교적 승화다. 사랑하는 꽃사슴을, 누나들을, 가족들을 영원히 지켜주길 바라는 부활의 기도인 것이다.

6. 더욱 탄탄한 플롯의 날개를 기대하며

김필로 시인의 처녀시집 『섬마을 사람들』은 간병체험을 무량한 인간애로 빚어낸 치유의 집이다. 그 감동은 태초의 파도처럼 우리들 가슴에 티 없이 밀려온다. 그 소리는 먼 바다의 폭풍이 아닌, 우리들 발등에 떨어지고 있는 잔잔한 울림이다. 비유하자면, 상처 난 애호박의 속울음이거나, 뒤척이는 늙은호박의 고통이거나, 초조한 간병인의 발걸음이 들려오는 소리다. 김 시인은 요양의 고통소리를 우리들 앞에 차려 놓고, 죽음의 성찰과 방식 그리고 존재와 존재 간 위무가 왜 숭고한지 깨우쳐 주고 있다. 나아가 현대문명의 한 평 그늘과 극복의 연대의식도 제시하고 있다.

이번 『섬마을 사람들』은 김 시인에게 최초의 시적공간이면서 또 다른 세계로 나아가는 탈출구가 될 것이다. 이제 한 번씩 돛단배를 끌고 지평선에 앉아 보기도 혹은 걸려 넘어지기도 할 것이다. 그리하여 망망대해 소실점으로 사라져 달처럼 차오르거나 해처럼 떠오르는 시인이 되길 바란다. 우리 사회에 너무도 소중히 숨어 있는 사랑의 요양시인, 김 시인의 시세계에 더욱 탄탄한 플롯의 날개를 기대해 본다.

시인의 말

오래 근무했던 약국에서 실직했을 당시 내 나이는 쉰을 훌쩍 넘긴 뒤였다. 다시 구직을 하려 했지만 이미 나는 많이 늙었다. 배움도 짧았다. 그때 우연한 기회로 요양보호사 일을 알게 되었다. 뭐가 됐든 미루길 싫어하는 성격 덕에 재빨리 자격증을 취득했다. 사실 처음에는 단순한 직장일 뿐이었다. 하지만 시간이 흐르고 여러 환자들과 만날수록 나의 세계가 한층 깊어짐을 느낄 수 있었다. 어쩌면 그것은 새로운 소통의 시작이었다. 그 경험과 생각들을 그러모아 낙서 같은 점을 찍다가 10년의 법칙을 세웠다. 시인이 되겠노라고.

어느 순간 낙서 같은 점들은 글이 되기 시작했다. 번데기처럼 쭈글쭈글한 글들을 마구잡이로 쟁여 놓는 일이 재미있어 숨 쉬듯 끼적거렸다. 그 속에서 애벌레가 나오고 저들끼리 나비가 될 준비를 하고 있었다. 그러나 입력했던 정서의 날개를 펼쳐보고자 마음먹었을 때는 용기가 없었다. 모르는 사람 앞에서 속옷을 벗는 것처럼 부끄럽고 두려움이 엄습했다.

내게 용기를 주고 동기부여를 해주신 지도교수님과 문우들이 없었다면 차마 도전할 엄두를 내지 못했을 것이다.

어떤 시인의 말처럼 사람이 온다는 것은 실로 어마어마한 일이 아닐 수 없다. 환자를 처음 만날 때마다 그의 과거와 현재, 미래가 딸려온다. 세 가지를 동시에 보듬는 게 나의 역할이기에 나는 있는 힘껏 사랑을 쥐어짜낸다. 그러지 않으면 사람도 일도 무의미해진다.

어느새 10년차. 그들을 위한 간병 일이 나를 위한 일이었음을 깨닫는다. 일하며 공부할 수 있도록 도와준 혜원이 엄마의 배려와 내 거친 손을 부드럽게 지나간 환자 분들, 보호자 분들이 있어 비로소 '섬마을 사람들'을 마주할 수 있었다.

지금 나와 함께하는 예쁜 환자 윤정이와 보호자 민서의 응원도 빼놓을 수 없다. 공사다망한 가운데 정성스러운 글을 전해주신 왕태삼 시인의 해설에 힘입어 서툰 배에 닻을 높이 올린 느낌이다. 이제 멀리 나아갈 일만 남았을까, 내가 선장이 될 수 있을까, 그런 걱정은 하지 않기로 한다.

끝으로 아내를 믿고 지지해준 남편과, 두 딸 지혜와 총명 사랑합니다.

2023년 8월
매미의 합창을 들으며, 김필로

섬마을 사람들

어느 간병사의 병원이라는 작은 섬 이야기

초판 인쇄 2023년 11월 20일
초판 발행 2023년 11월 30일

지은이 김필로
책임편집 박총명
디자인 변영지
펴낸이 장재열

펴낸곳 단한권의책
출판등록 제 25100-2017-000072 호 (2012년 9월 14일)
주소 서울시 은평구 서오릉로 20길 10-6
팩스 031-214-5320
전자우편 jjy5342@naver.com

· ISBN 979-11-91853-40-7 (03810)
· 값 14,800원

· 본 도서는 (재)전북문화관광재단 2023년 지역문화예술육성지원사업에 선정되어 보조금을 지원 받은 사업
입니다.